僕らのごはんは明日で待ってる

瀬尾まいこ

幻冬舎文庫

僕らのごはんは明日で待ってる

もくじ

米袋が明日を開く

少しずつ時間を重ねるうちに、なんとなく忘れられそうな気がする。そのくせもう大丈夫だと奮い立とうとすると、またあの日々が驚くくらい鮮明によみがえってくる。

別れは生きていく上で逃れられない。そんなことはあちこちの歌でドラマで映画で描かれていて、百も承知だ。でも、自分の意志に反して起こる別れを、自力で消化しなくてはいけないなんて無茶だ。

1

完全に晴れた真っ青な空には、弱々しい雲が浮かんでいる。教室の中では、体育祭の種目決めが行われていた。玉入れだの綱引きだのリレーだの、誰がどれに出るか、平和な戦いが繰りひろげられている。じゃんけんに言い争いに笑い声。教室はひたすら騒がしい。この世のどこかでは、今も誰かが悲しみに打ちひしがれている。だけど、そんなことで体育祭が中止になるわけがない。どんなつらいことが起きても、ばかばかしい日常は着々とこなされるのだ。

「あのさ」

　ぼんやりと窓の外を見ていた俺の頭の上で、すきっとした声がした。

「たそがれてるところ、ちょっと悪いんだけど」

　声のほうに目をやると、上村が目の前に立っていた。

「確認だけしていいかな？」

「ああ、何？」

「葉山君、何も言わないから米袋ジャンプになったけど、いいよね？」

「コメブクロジャンプ？」

　普段聞かない言葉の響きに、俺は間抜けに繰りかえした。

「去年もあったんだけど覚えてない？　ミラクルリレーあるでしょう。その第三走者ってこと」

　去年の体育祭は玉入れに出て、適当に玉を放り投げて過ごしていた。他の種目になんて目もくれていなかった。そもそもミラクルリレーだの、コメブクロジャンプだの、ネーミングからしてめでたすぎる。

「米袋の中に入ってジャンプしながら五十メートル進んで、次に襷《たすき》をつなげたらいいだけだから。他の種目は出る人決まっちゃったし。いいよね？」

五十メートルも米袋の中に入って跳び上がるなんて、拷問だ。本当なら綱引きとか玉入れとか、みんなにまぎれているうちに終わる種目がいい。だけど、もう主張する場はないようだ。俺は静かにうなずいた。

「OK～、決まったよ」

上村が言うと、黒板に書かれた米袋ジャンプの文字の下に俺の名前が加えられた。

2

体育祭までは、体育の時間が体育祭練習に当てられる。リレーや大縄跳びは練習する意味があるだろうけど、米袋ジャンプなんてお遊びみたいな競技、練習してもしかたがない。しかも、ミラクルリレーは他の種目と掛け持ちしているやつが多く、練習は後回しにされた。俺はグランドの隅に日陰を見つけ、出番が来るまで座って待つことにした。

ちょうど三年前の秋だった。その年の夏も例年のごとく猛暑だと騒がれ、秋に入ってもまだ夏から抜け出せず、こんなふうに暑かった。

俺は中学三年生で、中学最後の体育祭に必死になっていた。ブロックリーダーなんてやっていて、応援合戦に競技に何にでも出場して、誰よりもけんめいに走っていた。

自分ががんばることが、救いにつながるかもしれない。そのころの俺はそんな甘い期待を本気で抱《いだ》いていた。努力をすればした分、物事はいい方向に動くに違いないって。他にできることなんて何もなかったから、目の前にやってくることに全力を尽くそうとしていた。今思えば、そんなことまったく無意味だった。俺の行動なんかで救えるものはこの世には何もない。

「あのさ、途方にくれているところ悪いけど、そろそろいいかな」

顔を上げると、米袋を持った上村が立っていた。

「あ、ああ」

「とりあえず練習しよう」

立ち上がって周りを見ると、米袋に入って跳んでいるやつらや、二人三脚をしながら縄跳びをしているやつらがいた。ミラクルリレーの練習が始まったようだ。

「ほら、入って」

器用に米袋の中に入った上村が言った。

「え？」

「えって、一緒に入るんだよ」

上村が当然のことのように言うのに、俺は袋の中を覗《のぞ》きこんだ。

「そうだよ。まあ、男女ペアは葉山君と私だけだけどね」

そりゃそうだろう。米袋はそれなりに大きいけど、かなり身体《からだ》が密着する。こんな中に女の子と一緒に入るのは抵抗がある。

「どうして俺たちが？」

「どうしてって、葉山君、暗いでしょう？」

「そうかな……」

「だからペアになるの、みんな嫌がってさ。一緒に米袋に入ってどんよりされたら気まずいし、だいたいあいつ体育祭休むかもしれないしとかって、なかなかペアが決まらなくて。それで、体育委員だからしかたなく私が組むことになったんだ」

上村は残酷な事実を散々言ってから、「あ、ごめん、もしかして傷ついた？」と首をかしげた。

「いや、いいんだ。嫌われるのは慣れてる」

「そっか。そうだよね。葉山君、一年の時から、ずっと嫌われてるもんね」

え？　そうだったの？　と聞きたいところだったけど、「悪いな。迷惑かけて」と、俺はなんとか平静を保った。

「いいよ。気にしないで。さ、ちゃちゃっとやろう」

上村は米袋の前に寄って、俺に後ろに入るように促した。どうやら暗くてずっと前から嫌われ者だったらしい俺は、しかたなくペアになってもらった上村に気を遣《つか》って、できるだけ身体がくっつかないように米袋の中に入った。でも、どうやったって米袋の中だ。密着してしまう。

「このままジャンプしながらゴールするのね。五十メートルは進まないといけないんだけど、今日は初日だし十メートル進んだらいいってことにしよう」

上村がエキセントリックな競技の説明をするのに、俺はただ「なるほど」と返事をするしかなかった。

「じゃあ、行くね」

上村に言われ、俺もなんとなく進もうと身体を動かしてはみたけど、米袋がぐらっと動いてバランスが崩れただけで、一センチたりとも進まなかった。

「あのさ、同時に跳ばなきゃ進まないし、こけるから、息合わせてよね」

上村がため息交じりに指摘した。

「ああ」

「じゃあ、さんはい」

上村の合図で跳んでみるけど、米袋はうまく進んでくれない。だいたい狭くて動けないのだ。顔のすぐ下で上村の頭が揺れるのも邪魔で、まっすぐ前を見ることさえ困難だ。

「もう少し長い間跳んでよ。身体が浮いてないと米袋を前に動かせないし」

「ああ、わかった」

俺のせい？　と言いたいところだけど、米袋にもゴミ袋にも入ったことがない俺は、素直に言うことを聞いた。

「じゃあ、もう一回。行くよ！　さんはい」

上村は何度か「はい、はい」と言って、跳ぶタイミングを知らせた。それに合わせて身体を弾ませてみる。そのうちこけそうになることはなくなったけど、まともに進みはしない。他の米袋ジャンプをしているやつらは、きゃっきゃと笑いながらも、それなりに進むようになっている。

「葉山君さ、前に進まなきゃいけないんだから、上に跳んでもダメだって。前に向かって跳んでよね」

上村は顔だけ俺のほうに向けて、文句を言う。

「努力はしてるけど」

「じゃあ、行くよ。ちゃんと前に跳ぶんだよ。せーの！」

学校では時々とてつもなくおかしいことが、ものすごく平然と実施される。二人三脚で縄跳びをしたり、おんぶしながら平均台を渡ったり、ミラクルリレーのために行われていることは、どれも生きていく上で必要になることなど絶対にない。米袋ジャンプ以外では何組か男女ペアもいるけど、こんなのどう考えたっておかしい。会社のレクリエーション大会で実施したら、セクハラで訴えられるはずだ。

「では、十分間休憩して、綱引きとブロック対抗リレーの練習に入りましょう。水分をとってください」

練習終了の声がかかり、俺はさっさと米袋から這《は》い出た。暑さと競技の不条理さでくらくらだった。

上村は、

「えー、もう終わりかあ。全然できてないのに」

とぶつぶつ言いながら米袋から抜け出すと、俺の目を覗きこんだ。

「葉山君、休むのはなしだよ」

「え？」

「くだらないこんなの、ばかばかしいしやってられないって思ってるだろうけど、休まれたら、私一人になるんだからね」

「わかってる」

感傷にふけっていても、米袋の中に入ってジャンプしないといけない。人生は厳しいのだ。

3

高校に入学してから、俺は昼休みはもっぱら中庭で読書をして過ごしている。中学生までは、本なんて読書感想文を書く時に、最初と最後の五ページに目を通すだけだったのに、今は毎日読んでいる。読書は一人でいるためのいい言い訳になる。本の中に入っているふりをしていれば、周りをシャットアウトできる。それに、読んでみると本も悪くなかった。中には、現実とは違うところに連れて行ってくれる本もあった。

「そうやって死んだ人の出てくる話ばっか、読んでるんだね」

小説の中に入りこみそうになっていると、またもや頭の上で声がした。上村だ。最近なんだかんだ言われるようになって、声だけでわかるようになった。

「そう。死んだ人の出てくる小説ばっか読んでるんだ」

上村の言うとおり、ここ一年近く俺は人が死ぬ小説を手当たり次第に読んでいた。残念だけど、死は珍しいものでも非現実的なものでもない。うちのクラスの中にも母親を亡くしてるやつがいるし、担任の奥さんは去年流産した。そして、それと同じくらい小説の中でもたやすく人が死ぬ。大事な人に先立たれ、残された人の悲しみを描いた小説は山ほどあった。もしかしたら、それらが何かヒントを与えてくれるかもしれない。そう思って読みはじめた。恋人が死ぬ話も親が死ぬ話も最愛の息子が死ぬ話も読んだ。突然思いがけず死んでしまう話も長年病気と闘ったのに死んでしまう話も読んだ。でも、知りたいことはまだ見つけられない。命の重さを見せつけられるだけで、何冊読んだって知りたいことは出てこない。

俺が知りたいのは、たぶんもっと具体的なことだ。死んでしまった人の持ち物を使っていいのかとか、家族の会話にどれくらい乗せていいのかとか、友達に公表すべきかそれとも聞かれてから答えるべきかとか。そういうのが決まっていたら、簡単なのにと思う。そして、もっと率直な答えを知りたかった。いつまでこの重苦しい日々が続くのか、どうすればこの重みが軽減されるのか、はっきりと導いてほしかった。

「読書家なんだね」

上村は勝手に納得すると、俺の横に座りこんだ。

「何か用事？」

俺は本を閉じた。米袋のことでとやかく言われるのだろうか。

「特に用事はないけど。っていうよりも、いつも一人でいるせいで、葉山君、相当会話下手だね」

上村は顔をしかめた。

「そう?」

「何か用事? なんて台詞《せりふ》、高校に入ってから初めて聞いたよ。だいたい同級生に向かって失礼じゃん。しかも、たいして仲良くない相手に向かって言う言葉じゃないよ」

たいして仲良くない相手ね。上村が時々もらす情報のほうがよっぽど失礼なはずだ。

「そうなんだ。で、どうしたの?」

「だから、どうもしないけど。あ、それ。『風立ちぬ』二回目だね。読んでるの」

「そうだな」

「気に入ってるの?」

「いや、特に」

『風立ちぬ』は、難しくて俺の頭ではうまく飲みこめない。だけど、語られる言葉は確かに美しくて、少しだけ何かを透かしてくれるような気がした。

「特にって、二回も読んでるのに?」

「図書室の本を順番に読んで、また最初に戻ってるだけだ」

俺が言うと、「へえ」と上村は興味なさそうにうなずいた。そして、本当に用事がなかったのか、とっとと消えてしまった。

翌朝、上村は登校するやいなや、重そうな紙袋を俺の机の上に置いた。

「何？」

朝から本を読んでいた俺は、何事かと顔を上げた。

「探してみたら家にたくさんあったんだ。で、三十冊ほど持ってきた。かなり重かったんだよ」

上村は赤くなった手のひらを見せた。

「で、これって何？」

「何って、死んだ人が出てくる本。あ、遠慮しないでね。ブックオフに持っていくつもりだったから」

俺は一応礼を言いながら、紙袋の中を覗きこんだ。中には、浅見光彦シリーズがぎっしりと入っている。

「これってさ」

「もしかしてもう読んじゃってる？　おじいちゃんが好きなんだ。私は何冊かしか読んだことなくいけど、毎回毎回、じゃんじゃん人が死んでしまうんだよ」

「そうだろうな」

「しかも、浅見光彦は刑事でもないのに、しょっちゅう殺人に出くわすんだ。気の毒でしょ。でも、ちゃんと立ち直って強く生きてる。それどころか、また人が死にそうな場所にわざわざ首を突っこんでいくんだもん。見習うべきところが多そうだよね」

上村は不謹慎なことをさらさらと言ってのけた。

「そう考えると、世の中、殊勝な人が多いよね。ほら、名探偵コナンだって、人の死にあれだけ出くわしてるのに気丈にふるまってる。しかも、彼はまだ小学生なのに」

「コナンは中身は高校生だ」

俺はやっとのことで突っこんだけど、上村はまったく聞いていないようで、「あ、先生来た」と、自分の席に戻っていった。

なんなんだ、これは。ここって、人が入ってくるべきところだっけ？　俺は自分の中のあいまいな部分に勝手に踏みこまれたような心地がして、落ち着かなかった。

4

ミラクルリレーの練習は体育祭までに二回しか割りふられていない。前回から三日空けての練習は、当たり前だけど何も進歩はなかった。

「ああ、もう私たちって全然だめだねえ」
二、三回跳んでみて、上村はがくりと肩を落とした。俺もそれなりにまじめにやってるつもりなのだけど、うまくいかない。
見渡してみると、周りのやつらは前より上達している。何より、ミラクルリレーの名前どおり楽しそうだ。どうしてあんなに気楽に跳べるんだ。俺も上村もそんなに運動神経が悪いってわけでもないのに、周りと差が出るのはなぜだ。と眺めていて、気がついた。他のチームは、前のやつが跳ぶのと同時に米袋を勢いよく引っ張っている。それで前に進めるのだ。息を合わせて跳ぶのも重要だけど、米袋をいかに前に引っ張るか。それがこの競技のポイントだ。だとしたら、俺が前に行くべきだ。俺のほうが力が強いし、前なら上村の姿が邪魔にならない。上村は人のことなど気にしなそうなやつだから、後ろだろうと前だろうと勝手にやるだろう。

「あのさ、提案があるんだ」

俺は米袋から足を抜きながら言った。

「何？」

「前と後ろ、代わったらどうかなって。俺のほうが力はあるだろうし。ほら、前のやつが引っ張ると、その分進むだろう」

俺が上手に跳んでいる男同士のペアを指差すと、上村は「本当だ」としげしげと眺めた。

「すごいじゃん。ちゃんと考えてくれてたんだね。まさか、葉山君がこんなに米袋ジャンプに前向きになってくれるなんて思ってもみなかったよ」

「このままじゃ、何時間かかっても五十メートル走りきれないし」

この調子でやっていたら、俺たちは二時間でも三時間でも米袋の中でくっついていないといけない。二人で米袋に入っている時間は極力短いほうがいい。

「よし！　じゃあ、やろう」

上村が機嫌よく言って、俺たちは前後を入れ代えてチャレンジした。

前で跳ぶのは想像以上に快適だった。目の前に上村の姿があるからどぎまぎしたけど、自分が先頭になればただ米袋の中に入って跳んでいるのだと思える。

上村を気にせず前に米袋を引っ張りながら跳ぶと、それなりに進んだ。上村は小さくて軽いから息が合わなくてもぐいぐい引っ張れば、袋はどんどん進む。上村は後ろで「すごいすごい！　進んでる！」と、きゃっきゃ言いながら跳びはねていた。俺も画期的な進歩に少し楽しくなった。これなら五十メートルくらい余裕でたどり着けそうだ。

「それでは休憩を取りましょう。水分補給をしてください」

と、声がかかり俺たちは米袋から出ると、そのまますぐそばの日陰に座りこんだ。

ものの十分程度のことだけど、袋の中に閉じこめられていた暑さと、せっせとジャンプした疲れで、ふらふらだった。

「なんだかんだ言いながら、私たちの息も合ってきたね」

上村が満足げに言うのに、そうだなと言おうとしたけど、息が上がって声が出なかった。

「あ、ポカリ飲む？　待ってて」

上村はグランドの隅に建てられたテントに走っていくと、クーラーボックスからポカリスエットを持って戻ってきた。熱中症対策で、体育祭の練習はこまめに休憩が与えられ、水分をとれという指示がやたら出た。

「私三本持ってきてるから、一つあげるよ」

上村はポカリを俺に差し出した。

「いいの？」

上村に物をもらうのは気が引けたけど、身体はすごい勢いで水分を欲していた。

「いいよ。どうせ葉山君飲み物何も持ってきてないでしょう？」

「うん」

俺は礼を言うと、すぐにポカリを飲んだ。高校生になってから、部活にも入らず、運動などたいしてしていなかった。ポカリを飲むのなんて何年ぶりだろう。身体がぐんぐん水分を吸いこんでいくのがわかる。

「体育祭の練習にスポーツ飲料持ってこないなんて普通じゃないよ。絶対、全校で葉山君だけだわ。葉山君、身体のことも体育祭のことも真剣に考えてないからね」

上村は俺の横で、ゆっくりとポカリを飲んだ。

「一応考えてはいるけど」

「うそだな。体育委員会から熱中症の恐ろしさと水分補給の大事さをニュースにして出したの、読んでないでしょう？」

「なんかそういうのあったな。HRで配られた気がする」

時々、HRでいろんな委員会からのニュースが配られる。学習委員会から一日一時間は勉強しろとか、風紀委員会から携帯電話はマナーモードにしろとか。書かれているのはその程度のことで、重要なことなどまずないから、いつも流していた。

「あのニュース、私と三組の伊藤さんとで書いたんだよ。葉山君配られたとたん、読まずに机の中に突っこんでたから、相変わらず感じ悪いなあって思ってたんだよね」

「ああ、ごめん。俺、体育委員会のニュースだけじゃなくて、いつもあんまりちゃんとそういうの読んでなくて……」

俺はついつい言い訳した。

「知ってる。葉山君、いつも窓の外見てたそがれてるか、人が死ぬ小説読んでいるかだもんね」

「そうかな」

「でも、ポカリは必要でしょ？」

上村は空になった俺のペットボトルに目をやって笑った。

「確かに」

俺も少し笑った。上村にポカリをもらえなかったら、脱水症状で倒れていたかもしれない。ポカリのお陰で渇きも汗も静かにひいていた。

「うちのクラスはアクエリアス派が断然多いけど、私は絶対ポカリなんだ。甘い分よく効く気がする。葉山君はどっち？」

平和な高校生活にそんな派閥があるとは知らなかった。アクエリとポカリの違いなどわからなかったけど、もらった手前、俺が「どっちかっていうとポカリかな」と答えると、上村は満足そうに「そうだよね」とうなずいた。

ポカリスエットかアクエリアスか。意味も内容もない会話。でもこうやって、いくつか受け答えをしているうちに、俺はとても懐かしい気持ちになっていた。こんなふうに人と話すのは、スポーツ飲料を飲むのと同じくらい久しぶりかもしれない。

昔はみんながそばに寄ってきてくれた。「大丈夫？」「何かできる？」「元気出して」って。同情を嫌う人間もいるけど、悪いものじゃない。同情される立場になって、俺はそれが痛いほどわかった。同情には、優しさのようなものが含まれている。もちろん、ほうっておいてほしいと思うこともあった。どうしてこいつにまで心配されなきゃいけないんだと思うこともあった。こいつら好奇心で寄ってきてるだろうと疑うことも、何回同じことを説明すればいいんだとうんざりすることもあった。だけど、あの時、完全に周りからほうっておかれたとしたらどうだっただろう。それは、ぞっとする。沈みこんで無気力だった俺に、周りが手を貸してくれた。そのお陰で俺はちゃんと受験をして、中学を卒業して、高校に入っているのだと思う。

あれから三年が経《た》ち、高校生にもなって、俺の事情を知っているやつもクラスに二、三人になった。今になって昔のことを掘り返してわざわざ同情してくるやつもいない。それは当たり前のことだし、今更手を差し伸べられても困る。でも、久しぶりに交わしたいくつかの会話のせいで、俺の心はうっかり開きそうになっていた。

「ちょうど、こんな日だったんだ」

俺は思わずそう話しだしていた。

　スカッと晴れていて、気持ちのいい日だった。九月の終わり。まだ暑さは残っていたけど、湿気もなくさわやかな日。俺は普通に学校に行っていた。緊急に連絡が入ってくるかもしれないとはらはらしながらも、自分のやるべきことを精一杯やっていた。そうでもしていないと、余計におかしくなりそうだった。それに、もうだめかもしれないと告げられていても、どこかで兄貴は特別だと思っていた。兄貴はいいやつだから絶対に神様が助けてくれると信じていた。兄貴には可能性もやるべきこともたくさん残っている。だから、大丈夫だ。どこかで勝手にそう踏んでいた。

「何が？」

　上村が首をかしげた。

「兄貴が死んだの」

「そうだね」

「そうだねって知ってるの？」

「知ってるよ。同じ地域に住んでるんだし。中学校も同じだったからさ」

「そっか。そうだな。……でも、俺、まさかさ、自分の身近な人が死んじゃうなんて思ってもみなかったんだ。しかも兄貴が。まだ兄貴、高校二年だったんだよ。将来は消防士になりたいとかって言って、キラキラしてたのに。ちゃんと病院にいる時だって……」

「あのさ、その話長くなるかな？」

「え？」

話を遮られ、俺は眉をひそめた。

「いや、何かそう、すごくまじめに聞かないといけない話だろうけどさ。ごめんね。今度聞くし、私、選抜リレーにも出るからさ、練習してくるわ。みんな集合しはじめてるし」

上村は申し訳なさそうに立ち上がった。こういう話って、こんなふうに簡単に途中で終了されてしまうものだろうか。何をおいても耳を傾けてくれるものだったはずなのに。俺は思いっきり拍子抜けして、しっくりいかない心地が収まらなかった。

5

十月の第二月曜日。体育祭当日の空はきれいに晴れ渡った。不思議なことに体育の日はいつも天気がいい。

午前中に綱引きやクラブリレーなどが次々と行われ、昼休憩が与えられた。ミラクルリレーは昼食後の一番ゆったりした時間に行われる。

「おい、葉山、こっちで食べようぜ」

自分の席で弁当を広げようとしていると、木崎が声をかけてきた。後ろのほうで男子が固まって大きな円になっている。

「そうだぜ。こっち来いよ」

宮下や中井も手で招いている。

一人が板についている俺だし、俺が一人でいることがこのクラスの当たり前になっている。だけど、行事の度に誰かが声をかけてくれた。修学旅行や合唱祭の時、不思議なことに俺は一人ではなかった。そこには気まずさや煩わしさもあるけど、それが学校というものなんだと思う。陽気に騒ぐ円の中に入るのは少し戸惑いもしたけど、最後の体育祭なんだ、少しは楽しもうとしないといけない。俺は「おう」と言いながら、みんなの輪に入った。

「なんか俺、葉山とごはん食べるの初めてかも」

「俺も初だぜ～」

何人かがそうテンションを上げた。

「葉山ってさ、一人が好きなのか？」

「まあ、どっちかって言うとそうなのかな」

「お前、いつも外見てるじゃん。何考えてんだ？」

「いやあ、特に。ぼうっとしてるだけ」

俺は次々投げられる質問に答えながら、弁当を広げた。

「よし、じゃあ、もうすぐみんな受験だし、今日は面倒なこと忘れて、二組みんなで盛り上がっちゃおうぜ」

ブロック長を務めている宮下は「いただきます」の代わりにみんなにそう言って、手を合わせた。

「二組の勝利を願って食いまくるぜって、葉山、弁当超豪華じゃね」

「そうかな」

「そうだよ。俺なんかこんな日にコンビニ弁当だぜ」

木崎は嘆きながら、俺の弁当をしげしげと眺めた。

体育祭じゃなくたって、俺の弁当は凝っている。本来なら二人にかけるはずだった愛情を、今は俺一人に注ぐしかない。それがいいことかどうかは別にして、母親はふんだんに俺に手をかけた。

「よかったら、食う？」

俺が言うと、みんなは「やったあ！」と弁当に手を伸ばしてきた。肉団子やミニオムレツが感激の声とともに奪われていく。高校生ってこんなに元気なものだったんだなあと妙に感心しながら、俺も唐揚げだのメロンパンだのをもらった。

　学校には強制的なものや無神経なものがごろごろしている。だけど、やわらかい場であることは確かだ。久々に何人かで食べる昼ごはんはおいしくて、会話の内容もさしさわりのないものばかりだったけど、楽しかった。

「ちょっと、あんまり食べすぎないでよ」

　機嫌よく食べ終えようとしていると、上村がやってきた。

「どうして？」

「身体が重くなるでしょう？　米袋が弾まないじゃない」

「なるほど」

「しっかりしてよね」

　上村はそれだけ言うと、自分はご飯を食べ終えたようで、何人かの女子とグランドへと出て行った。まったくどれだけ米袋ジャンプにかけてるんだろうと思いつつ、俺はメロンパンは後で食べることにした。

「上村はいちいちきちんとやるからな。葉山、米袋ジャンプ失敗したら恨まれるぜ」

　木崎が笑った。

「そうだな」

「でも、俺、お前の後の第四走者だから、頼むぜ。ミラクルリレーは去年優勝したし、今年ももらわなきゃな」

木崎がガッツポーズを見せて、俺も「ああ、がんばるよ」とうなずいた。

ミラクルリレーは学級対抗で行われる。俺は第三スタート地点で米袋の中に入って、上村とともに襷がつながれるのを待った。我が二組は最初のおんぶで平均台を渡るという競技で大ブレーキをかけ、最下位を走っていた。

「ちょっと」

後ろから上村が背中をつついてきた。

「何？」

「そわそわしすぎだよ。ミラクルリレーでこれだけ緊張してるの、葉山君だけだよ」

俺はガラにもなく、ドキドキしていた。こういう場に立たされるのは、高校に入って初めてだ。いつも何にも参加せず、その他大勢にまぎれてやり過ごしていた。誰かと争ったり、チームの一員として戦ったりするなんて、久しぶりすぎて心臓が速くなっていたのだ。

「本当に俺、緊張してる」

抑えられずに本心を打ち明けると、上村はにっこりと笑った。

「ミラクルリレーは得点に入らないから大丈夫だって。楽しもうよ」

そうかもしれないけど、レースは白熱して「二組ファイト！」や「一組抜かせ！」という声援が聞こえてくる。得点になろうがなるまいが、勝負であることに変わりはない。それに、次には木崎が待っているのだ。そう思うと心臓が高鳴った。できるだけ早く襷をつながなければいけない。

第二走者が二人三脚で縄跳びをしながら走ってきた。

「飛ばすから、しっかりつかまってて」

俺は襷を受けとると、上村に言った。

「了解！」

上村の返事が聞こえ、俺は米袋をせっせと引っ張りながら、とにかく前に前に跳んだ。バランスを崩しているチームや、のん気に跳んでいるチームを抜かし、俺たちの米袋はものすごい勢いで進んだ。少しでも速く先に行きたいという焦りを抑えながら、確実に前に進む。

中学三年生の時、俺はしょっちゅうこんな気持ちを抱いていた。最後の体育祭、選抜リレーのアンカーだった俺は、窓の外を見てたそがれることもせず、死んだ人が出てくる小説も読まず、前を見て誰よりも速く走った。

「おお、葉山ここまで！」

木崎が手を振るのが見え、俺はさらにスパートをかけた。何度も何度も必死で跳んだ。米袋に入って跳ぶ。実にくだらないことだけど、汗だくになりながらひたすら前に跳んだ。

「頼んだ」

木崎に襷を渡し終えると、俺も上村も中継所にべたりと座りこんだ。足ががくがくしたし、食後に跳びはねすぎて横っ腹が痛かった。二人とも息が上がっていて、そのあまりの上がりように二人で笑った。

「五十メートル跳んだだけでこんなのって、日ごろ運動不足だね」

「そうだな」

「うわ、二組一位になったよ！」

上村が歓声を上げた。

「おお、本当だ」

「やったね！」

俺たちが三クラスを抜き、次の木崎のチームが一クラス抜いて、二組は一位でゴールテープを切った。

「葉山君、かなりかっこよかったよ」

応援席に戻る途中、上村が言った。

「何だかとても必死になってしまった」

俺は恥ずかしくなって頭をかいた。

「飛ばすからつかまりなって、サングラスしてバイクに乗ってる人しか言わない言葉だと思ってたら、襷かけて米袋に入ってる人も言うんだね」

上村はげらげら笑った。いちいち人の発言を繰りかえすなよと言いたいところだったけど、あまりに楽しそうだから、俺も一緒に笑った。


「そうだ。あのさ、私決めてたんだ」

ひとしきり笑い終えると、上村が言った。

「何を？」

「この米袋ジャンプで一位になったら告白しようってこと」

「誰に？」

「誰にって、葉山君に。この流れで違う人に告白するとか変じゃない？」

「え……？　俺？」

あまりに唐突すぎて何の予感もなさすぎて、俺は戸惑った。

「困る？」

「いや、困るって言うか、あの、でも何で？」

「何でって、葉山君、きちんとしてるし」

「きちんとって、俺が？」

不似合いな言葉に、俺は眉をひそめた。

「そう。たそがれるのも、米袋で跳ぶのも、葉山君は何でもちゃんとしてる。だから好きなんだ。で、付き合ってくれるの？」

上村はせかしたけど、こんなに突然に平然と告白されたって、ぴんと来るわけない。そりゃ、体育祭後や文化祭後には、カップルはいくつもできる。それが高校行事の一環のようなものでもある。でも、これはいくらなんでも青天の霹靂《へきれき》すぎる。

「いや、あのさ、ありがたいんだけど……なんていうか、わからないっていうか」

俺はそれくらいしか言えなかった。

「なるほど。わかった。じゃあ、まあいいや」

上村はあっけなく納得すると、次の競技の集合場所に行ってしまった。

6

体育祭が終わると、高校生活はあの熱が嘘のように受験モードになる。みんな進路にピリピリしはじめて、教師も言葉の端々に受験をはさんでくる。朝の読書時間や休み時間にも参考書を読んでいるやつが増えた。

俺の通う高校は進学校だ。兄貴の命が目の前にぶら下がっていた中学生の時の俺は、すべてに死ぬ気でがんばっていて、勉強も例外じゃなかった。だから、受験直前に無気力に陥ったというのに、何の苦労もなくレベルの高い高校に受かった。高校入試の問題は中学一、二年生で習う範囲がほとんどだ。俺は受験をして、あまりの簡単さに驚いた。

だけど、がんばりが役に立たないとわかってからというもの、俺にとって勉強は意味をなくしていた。大学に行くつもりもなかった。何らかの仕事について、それなりに生活をしていけばいい。人生は無意味だとまでは言わないけど、自分のこれからになんらかをもたらそうという意欲はなかった。

クラスで進学をしないのは俺だけのようで、みんなが勉強している中、浅見光彦シリーズを読んでいるのも気が引けた。体育祭で少し周りと近づいてしまった俺は、気を遣ってブックカバーなどをかけたりした。周りは暗い俺が何しようと気にも留めてないだろうけど。

上村はいつもと同じく元気だった。もともとあっさりしたやつだ。米袋なんて狭苦しい中に入っていたから、うっかり好きだと勘違いしただけのことだったのだろう。俺のことなど気にもせず、いつもどおり生活を送っていた。

秋と同じ速さで、高校三年生の後半は勢いよく深まっていく。あっけなく一日が終わり、それ以上のスピードで一週間が過ぎた。クラスの静けさも濃くなって、俺が誰とも口を利かない日も多くなった。考えてみたら、上村以外とはほとんど話をしていなかったんだな。そんなことに少しだけ気づいたりもした。

電車で二駅。兄貴の墓がある。学校帰りや土曜日など、俺は気が向いたらしょっちゅう墓地に行った。学校以外で一番足しげく通っている場所だ。

墓地は怖いとか寂しいとか言う人もいるけど、それは間違いだ。参る人がいなくたって、墓地はいつでも賑《にぎ》やかな場所だ。兄貴に会いたいのもあるけど、俺は単純に墓地に行くことも好きだった。

兄貴の墓が建ったころは、この霊園にはまだいくつも空きがあったのに、今はほとんど埋まっている。たった三年で大盛況だ。それだけ、誰かがどこかからいなくなっているのだ。

「ちいっす。寒いけど元気？」

十一月に入ったとたん、猛暑だと言われていた夏も完全に飛んでいって、肌寒い。秋も終わりに差しかかりかけた夕暮れ時の墓地には、俺しかいなかった。俺は身体を縮めながら、兄貴の墓の前にしゃがみこんだ。

「さすがに寒いと、花も長持ちするようになったな。そうそう、俺さ、そろそろ高校も卒業だし、就職先考えないとなって思ってるんだけど、どういうのがいいと思う？　何か向いてるもんあるかなあ。これを機に家って出たほうがいいもんかな」

声には出さないけれど、兄貴の前で俺はよくしゃべる。俺は心の中であれこれ言いながら、線香をあげた。墓参りを始めたころは、線香に火を点《とも》すのにも苦労したけど、今は慣れたものだ。

「親父《おやじ》もお袋も何も言わないから、どうしてほしいと思ってるのかつかめないんだよなあ。自分のやりたいことってそうそうないし、仕事を決めるのって結構難しいもんだなと最近知ったよ」

死んだ兄貴に自分のことばかり話すのもどうかと思うけど、兄貴は太っ腹なやつだったから、なんだって「そうだな」と聞いてくれているはずだ。

「兄貴はさ、小学生のころから消防士になりたいって言ってただろう？　考えてみたら、それってすごいよな。俺なんか兄貴より年上になったのに、いまだに何も浮かばないや」

兄貴は高校二年生で死んだ。いつの間にか俺は兄貴の生きた時間を一年と少し越している。けれど、兄貴は今の俺よりもっとずっと大人だったし、もっとずっとでかいやつだった。

時々、「どうして俺がこんな目に遭わなきゃいけないんだ」と荒れることもあった。「俺、やりたいことがいっぱいあるんだぜ」と恨めしく言うこともあった。「もう解放してほしい」と治療を拒むことも、「死にたくなんかない」と訴えることも、「本気で怖いんだ」と震えることもあった。でも、兄貴は静かに受け入れていた。病気や死を前にして、今までどれだけ正しく生きてきたかということも、どれだけ優しくいられたかということも、何も評価されないことを。「不条理さに頭がおかしくなるよ。でもさ、ここに来たからこそつかめたこともあるんだよ」兄貴はそう穏やかに笑ってた。

俺は兄貴のことが大好きだった。小さいころから仲の良い兄弟だったけど、兄貴がいなくなって、兄貴を驚くほど慕っていたんだってことを、嫌ってほど思い知らされている。いつまで経ったって、俺が兄貴を超えられる日なんか来ない。俺の自慢の兄貴だ。

いつもここに来ると、兄貴の良いところばかりを思い出してしまう。兄貴との日々をとめどなく溢《あふ》れ出させてしまう。それにストップをかけるのは難しい。いつだって、切り上げるのに苦労する。もしかしたら俺は、兄貴のことをもっと誰かと話したいのかもしれない。兄貴がいなくなってから、漠然とのしかかっているこの空虚感を、誰かに少し知ってもらいたいのかもしれない。高校生になって誰にも聞かれなくなって、兄貴のことを口にすることもなくなった。だけど、それらを完全に心にしまっておけるほど、俺は強くなかったのかもしれない。

米袋ジャンプの練習の時、うっかり言いだして最後まで話せなかった兄貴のこと。それを思い出していた。

7

今年は去年より早く教室にストーブが入った。窓の外はここ何日かずっと白っぽい。寒い冬が着々と近づいているのだ。同時に、俺の読書のスピードも上がった。三十四冊あった浅見光彦シリーズも十一月の中ごろには、読み終えてしまった。二ヶ月弱で三十四冊。たぶんギネス記録だ。

死について何かわかったのか。答えはノーだ。悪いやつは比較的もりもり死ぬし、良い人間も死んでしまう。人は驚くほどあっさり死ぬのだ。浅見光彦の下に誰かがやってきて何かを依頼すると、ああ、また死ぬ人が出てしまうんだなと予感してしまうくらいにたやすく。

でも、命は重い。簡単に人の性格や生活や人生観を変えてしまえるくらいに重い。

そんなことしかわからなかった。でも、上村が渡してくれた本は、今まで読んだ小説の中で、一番俺を現実から離してくれた。少なくとも、浅見光彦と謎を解いている間、俺はたそがれることを忘れることができた。

ところで、この本は返すべきなのだろうか。三年近く人付き合いをまともにやってこなかった俺は戸惑った。ブックオフに売るつもりだったと言ってたから、もういいのだろうか。でも、黙って読み終えて勝手に売るのは非常識かもしれない。そんなことをぐるぐる考えた。いや、違うな。迷っているのは、本をどうするかではなくて、上村に話しかけていいのかどうかだ。

気になるのなら、すっきりさせたほうがいい。本を読み終えた報告だけはすることにした。

「あの、これ。読んだんだ。えっと、全部」

放課後、帰ろうとする上村の席まで行き、本を詰めた紙袋を机の上に置いた。

「そうなんだ」

上村はちらりと紙袋の中に目をやった。

「ああ、まあ、おもしろかった。ありがとう」

「これ、あげたんだよ」

「そっか、まあ、でも」

「いらないなら、ブックオフに持ってっていいよ。そう言わなかったっけ?」

「そう言えば、そうだったような」

上村があまりにあっさりと言うから、俺はおろおろしてしまう。

「葉山君、きまずいでしょう？」

「え？」

「私に話しかけるの。告白されて断った相手に、いちいち話しかけるのって面倒でしょう？」

「いや、そんなことないけど」

「そんなことあるよ。葉山君、もともと会話が下手な上に、どぎまぎしてるからおかしなことになってるよ」

「はあ、まあ」

「別に無理に話さなくていいんだし。本は適当にして」

上村はさっさとかばんを肩に提げると、教室から出て行った。告白してきた時と同じだ。俺はいつも上村のてきぱきした進め方に面食らってしまう。

そして、教室から上村の姿が見えなくなったとたん、気持ちが重くなった。どんよりしたものが、身体の中に一瞬に広がる。なんなんだこれは。衝撃的な出来事が起こったわけでもないのに、ざわざわと苦しい。そのわけのわからない苦しさに、俺は落ち着かなくなってしまった。

兄貴が死んでから、ずっと気持ちは重かった。兄貴を失った空虚感だけが、気持ちの隅々まで埋め尽くしていた。けれども、その重苦しさの中だけでじっとしていた俺は、新しいものを何一つ背負っていなかった。だから、突然今までと違う重みが加わって、どう対応していいのかわからないのだ。

とりあえず、浅見光彦シリーズはブックオフの手にゆだねた。そうすればこの重みを軽減できるはずだと思った。しかし、残念なことに浅見光彦シリーズは三百二十円に姿を変えて、また俺の元に戻ってきた。たった三百二十円。だけど、横領してしまうのは気が引ける。まったくどうすればいいんだ。

いや、ちょうどいいのかもしれない。これを返す時、もう少し上村と上手に話そう。きっといくつか言葉を交わしたら、この心のざわつきはましになるはずだ。とにかく、この無駄な重さを、早いところなんとかしたかった。

翌日、三百二十円をじゃらじゃらとポケットに入れて登校したのに、上村は教室にいなかった。

どうやら休みらしい。しかたがない、また明日にしよう。同じクラスにいるんだ。チャンスは毎日ある。そう思っていたら、上村のいない日は土日もはさんで四日も続いた。新しい重苦しさは、相手の不在によって重量を増していた。

「どうしたの？」

上村とよく一緒にいる持田に不審がられながら住所を聞き出し家までたどり着くと、持田よりももっと不審そうな顔をした上村が出てきた。

「いや、ずっと休んでるからさ、どうしたのかなと思って」

俺は玄関で突っ立ったまま答えた。

「葉山君、学校行ってる？」

上村は寝ていたのか、パジャマのままで髪の毛もぼさぼさだった。

「行ってるよ」

「世の中に取り残されすぎだよ。私、インフルエンザだよ。っていうか、うちのクラス、欠席者いっぱいいるでしょう？」

「そう言えば、そうか」

ここ何日か、教室の人数が少ない気がしないこともなかった。

「相変わらず話聞いてないんだね。インフルエンザがはやってて、もうすぐ学級閉鎖になりそうな勢いなのに」

「寒いから休む人多いのかなと思ってた」

「寒いから休むって、だだっこじゃないんだから。高校生が」

上村はあきれて言って、少し笑った。

「ごめん。間が抜けてて」

「いいよ。葉山君の間はいつも抜けてるから。で？　どうして？　ノートとか？」

「ノート？」

俺はそのまま聞き返した。

「休んでた間のノートをとって、持ってきてくれたとかじゃないの？」

なるほど。そういうことをすべきだったのか。俺って本当に間が抜けてるんだな。そう思いながら、俺はコンビニの袋を差し出した。

「ノートはないんだけど。でも、ポカリ買って来た。上村にもらった本売って、手にしたお金で」

上村は「うわ。ポカリだ」と嬉しそうに受け取った。

「やっぱり風邪にはポカリだよね。スポーツの場ではアクエリやダカラの追随を許してしまってるけど、病気の場では圧倒的にポカリが群を抜いてる。この青いラベル見るだけで、身体に失われたものが入って、たちまち治りそうな気がするもん」

「俺、ポカリでそんなに語る人に初めて会ったよ」

三百二十円をポカリにしてよかった。心からそう思った。

「えへへ。あ、二本あるし、一本飲む？」

上村は笑いながら一本を差し出してきた。

「いや、いいんだ。俺は」

「あっそう。じゃあ、二本とももらっとく。熱はとっくに下がってるし、出席停止も今日までだから心配しないで」

「うん」

「えっと、今日はわざわざありがとう」

「ああ」

上村は玄関の上がり口から下りて、つっかけを履くとドアを開けた。

「じゃあ、葉山君も気をつけてね」

「うん。っていうか、あのさ」

「何？」

「何ていうか、その」

「やっぱり一本ポカリ持って帰る？」

「いや、そうじゃなくて、あの、俺、好きになるのが怖いんだ」

この場がいつもの勢いで切り上げられそうになって、慌てて俺はそう言っていた。なぜだかそういう言葉しか思いつかなかったからだ。上村はというと、開けたドアにもたれて「何て？」と、目を丸くした。

「いや、まあ、何ていうか、好きになるのが怖いかなって」

「聞き間違いじゃないよね？　葉山君、確かに今、好きになるのが怖いんだ、って言ってるよね？」

上村は目を丸くしたままで繰りかえした。

「あの、できれば復唱しないでくれる？」

「だって、好きになるのが怖いなんて言葉、現実に聞いたことがないんだもん。今時ドラマにだって出てこないよ。きっと、この先がんばって八十年生きたとしても二度と聞かない言葉だな」

確かにとても寒い台詞を吐いてしまったのかもしれない。だけど、勢いで吐いたその手の言葉をいちいち取り上げて辱《はずかし》めるやつは、この先百年生きたとしても上村以外に出会わないだろう。

「うまく言えないけど、言いたいのは、いいことを手にする引き換えだとしても、もしかしたらその先にむなしい思いが待ってるかもと思うと怖いってこと」

「むなしい思いってどこかで待ってるの？」

俺が言葉を変えて説明しても、上村は変わらず眉をひそめたままだった。

「何ていうか、ほら、例えば、すごくいい映画を見て感動するんだけど、その分見終わったらなんか寂しくなるだろ？　ずっと見てた漫画の最終回とか、がくってするじゃん。そういう時、最初から見なかったらこんなわけのわからない寂しい気持ちにならなかったのにって思うだろう？」

「さあ、どうかなあ。最近映画も漫画も見てないからわからないや。受験生だしね」

俺がせっせと説明するのに、上村はぴんと来ないようで首をかしげた。

「じゃあ、すごいおいしいステーキを食べたとするじゃん。もう滅多に食べられないくらいのすごいやつ。おいしくて幸せなんだけど、食べたらなくなってしまう」

「そんなの当たり前じゃない。食べても食べてもなくならないステーキなんて、一種の嫌がらせでしょ。好きになるのが怖いって話から、ステーキがなくなるのがショックって、かなり飛ぶんだね」

「そう。飛ぶんだ。でも、ステーキだって映画だって漫画だって好きな相手だって、一緒だよ。最初からなければ、素敵な思いも楽しい思いもできないけど、でも、なくなった時の悲しさも味わわなくてすむだろ。最初からなければ、終わりが来ることもないんだから。俺は、そのほうがいいかなと思ってしまうんだ。そんなのだめだってわかってるけど、いやなんだ。いい思いと悲しい思いを比べたら、絶対悲しい思いのほうが大きいから。どれだけ楽しい思いを重ねても悲しみにはかなわないし。うまく言えないけど、そうなんだ」

俺が説明し終えると、上村は、

「それだけしゃべったら喉渇《のどかわ》くでしょう？」

と、ポカリを渡してきた。

「ああ、じゃあ……もらう」

俺は、米袋ジャンプの時の勢いで、ポカリを一気に飲んだ。

スポーツをしていなかったのと同じくらい、声を張って話すことからも遠ざかっていた。話すと体力は消耗するのだろうか。ややこしいところを説明しようとしたからだろうか。汗なんてちっともかいてない俺の身体は、ぬるいポカリをぐんぐんと吸収した。

「葉山君、度肝を抜くほど説明へたくそだよ。それに、私今のところ死ぬ予定もどこかに行く予定もないし」

上村はポカリを飲む俺を見ながら言った。

「ああ」

「私、葉山君の二十五倍はポカリ飲んでるしね。インフルエンザにはうっかりかかっただけで基本健康だから」

「そっか。うん。そうかもしれない」

　度肝を抜くくらいごちゃごちゃの俺の話は、上村に伝わったのだろうか。そもそも俺は上村に何を伝えたかったのだろうか。それすらもよくわからなかった。でも、インフルエンザが治ったばかりの上村は、パジャマの上に重いコートを着て、途中まで俺を送ってくれた。

「もう冬になっちゃうね」

「そうだな」

　上村の家の前は長いゆるやかな坂になっている。俺たちはゆったりと坂を下りながら、空を見上げた。空にはふんわりとした薄い紫の光が広がっている。もうすぐ日が落ちてしまうのだ。

「寒いけど、夏よりはいい」

「うん。確かに」

　上村の言葉に俺はうなずいた。

「葉山君、暑いの苦手なの？」

「そうじゃないけど、夏はいろんなものがあっけないから」

「そんなもんかな」

「秋もあっけないけどな」

「そうだね。もう高校生活だって終わりだしなあ。葉山君って、大学どこ行くの？」

上村は俺を見上げた。寒さで頬がほんのり赤い。

「いや、大学には行かないつもりだけど」

俺のその言葉に、上村は「好きになるのが怖い」と聞いた時以上に、目を丸くした。

「大学に行かないって、いったいどうするつもり？」

「仕事しようかなって」

「仕事!?」

上村の声が静かな通りに響いた。

「変かな？」

「仕事をするのは変じゃないけど、葉山君みたいな人が働けるわけないじゃん。世の中厳しいのよ。葉山君みたいにたそがれてたら即クビだよ」

「そうかな」

不景気ではあるけど、「たそがれる人は不可」なんて求人広告は見たことがない。

「そうかなって、人の話を聞かない上に、一日に何十回も遠い目をする人を採用する会社があるわけないでしょう。それに、葉山君何かできるの？」

「特にできることはないけど」

どうしてこんなにも突っこまれないといけないのだと思いつつ、俺は正直に答えた。

「だったら、大学行きなさいよ」

「大学なあ……」

「葉山君、四年後も今と同じようにたそがれてはないでしょ」

進路指導主任のようにうるさいけど、久しぶりにどんどん入りこんでくる上村の口調は悪くはなかった。

「どうだろうか」

「四年あればオリンピックも巡ってくるのよ。四年後には葉山君だって二十二歳よ。二十歳越えて、今みたいじゃややばいでしょう」

「四年で変われるかな」

「大丈夫だよ。高校一年生の時と今の葉山君だって、かなりちょびっとだけど、わずかにちゃんと変わってるよ」

「そんなもんかな」

今はどれくらい月日を費やしたら、自分が進みだすのかわからない。四年後もこんな感じかもしれないし、画期的に変化しているかもしれない。

「そうだよ。それに、大学は楽な場だと思う。自由がおおっぴらに与えられてるんだもん。大学入っちゃえば、自分を探すとか言って突然リュック一つでインドとかタイに行ったり、地球を守るとか言って突然浜辺で空き缶拾ったり、自由がすべてだぜって言って突然自主映画作ったり、何か知らないけど無農薬野菜作ったり、絵とか詩とか描いて道で売ったりできるんだし。そんなこんなしてれば、きっと苦しいことが薄まっていったり、他のものが入りこんできたりするよ」

「大学って、そういうことするところなのか?」

長い間たそがれている間に、大学のシステムは変わったのだろうか。俺が首をかしげると、上村は「まさか」と笑った。

「本当は何がいいのかなんてよくわからないんだけどね。でも、せめて葉山君が学級閉鎖くらいには気づけるようになればいいのにと思う。無人の教室に行くの、それこそむなしいし」

「ああ、そうだな。うん。考えてみる」

「じゃあ、ここで。私、明日からは学校行くから」

「ああ」

大きな道に出ると、上村が足を止めた。俺も足を止める。もう太陽はわずかな威力しか残っていなくて、俺たちの影も薄ぼんやりしている。

「また、明日ね」

上村は軽く手を上げてそう言うと、くるりと元来た道へ身体を向けた。

「ああ、明日」

俺もつぶやいてみた。

明日。そんな言葉ってあったんだって、今更ながら思った。

8

進路指導室にはたくさんの大学のパンフレットがある。どれもとてもきれいで、どこかのツアーのパンフレットみたいに楽しそうだ。どの大学を選んでも、アジア圏内ならすぐに行けそうだし、空き缶なら好きなだけ拾えそうだ。

でも、どこの大学も一緒に見えた。ピカピカの校舎に、緑の庭。ぎっしり機器が置かれた教室。「はい笑って」とうるさく言われて撮ったであろう学食やサークルの写真。

こんな似たり寄ったりの中で行きたい大学を探すのは至難の業《わざ》だ。みんなはどうやって選んだのだろう。確実に俺だけが取り残されている。三年間ただどんよりと過ごしてきたことを、ようやく少し後悔した。

理学部、文学部、経済学部など定番のものから、サービス産業学部、次世代教育学部まで。ありとあらゆる学部があるのに、いまひとつ興味がわかない。華やかな就職先も並べられているけど、どうせたそがれて遠い目をしている俺が今仕事について考えてもしかたない。

選ぶ決め手は一つもない。でも、もし、あるとすれば一つだけある。まったくおぼつかない根拠のない決め手だけど、頼れるものは一つしかない。そうとなったら、急がないと。

昼休み。教室にいないと思ったら、上村はインフルエンザ明けだというのに、のん気に中庭で過ごしていた。ベンチで一人でジュースなんか飲んでいる。

「寒くないの？」

「うん。天気だもん」

俺が声をかけると、上村はまぶしそうに空を見上げた。今日は朝から弱々しいけど、太陽が出ている。

「もう調子はいいの？」

俺は少し間を空けて、ベンチの横に腰掛けた。

「インフルエンザはとっくに治ってたんだよ。出席停止だからしぶしぶ休んでただけ」

「そっか」

「教室はストーブで空気悪いし、インフルエンザでユミも咲子も休みだし。で、ここで一〇〇パーセントオレンジジュース飲んでる。ポカリの次に身体にいいやつ」

上村は紙パックのジュースを俺に見せた。

「なるほど」

「で、何か用事？」

上村に言われて、俺は思わず噴き出した。

「何か用事って、普通、高校生が使わないだろ」

「そっか。昨日までほとんど寝ててしゃべってないし、今日は今日で友達休んでてしゃべってないから、葉山君並みに会話が下手になってしまってる」

上村も笑った。

「でも、俺、ちゃんと用事があるんだ」

「何？」

上村は俺の顔を覗きこんだ。

「大学決めたんだ」

「うそ!?」

「本当に。どうするかさっき決めた」

「葉山君、決断めちゃくちゃ早いね。すごいじゃん。昨日まで就職しようとしてたのに。あ、でも、もう日がないしあんまりのん気にしている暇もないもんね。で、どこに行くの？」

上村は感心して納得してすぐに質問してきた。

「進路指導室であれこれパンフレット読んだけど、どこにすればいいか、全然わかんなかったんだ。三年近く、たそがれて沈んでいたから、自分のこれからを決める方法すらわからなくなってたんだなあ」

「でも、決めたんでしょ？」

「ああ。すごいだめな理由かもしれないし、ばかばかしいかもしれないけど」

「美人教授がいるかどうかとか、学食のメニューの数で決めたとか？」

「いや、そうじゃなくて、上村と同じところに行こうかなって」

一人で唐突にタイに行ったり、思いつきで映画や無農薬野菜作ったりする豪快さは今の俺にはない。だけど、上村がいたらたそがれていなくても、時間は過ぎる。それだけは確かだ。

「同じところ？」

「そう、同じ大学に行く」

「えー、本当に？」

少なくとも一ヶ月前告白してきたはずの上村は、俺の申し出に思いっきり渋っていた。

「困る？」

「私は困らないけど、葉山君困るよ」

「上村って、そんな難しいところに行くんだ」

上村の学力がどれほどか知らなかったけど、意外に頭が良かったのか。でも、中学時代の基礎はある。必死でがんばればなんとかなるかもしれない。

「いやいや、偏差値はそう高くないけど。だけど、私と一緒のところに行こうと思ったら、葉山君、いろいろクリアしないといけないことがある」

「クリアしないといけないこと？」

「そうだねえ。まず、もうちょい髪を伸ばすとか、うーん、葉山君背が高いから、まずそこを何とかしないといけないかな。ま、今の世の中、顔は何とでもできるけどね」

「何？　上村、専門学校に行くの？」

「いや、私、西峰女子短大に行くんだ」

上村はへへへと笑った。

「西峰女子短大？」

「そう。女子だけが行く二年制の大学」

「ああ、そっか。そう、そうなんだ」

俺は想像以上にがくっときて、力が抜けてしまった。久々に前向きに、思い切りよく動いた疲れが、どっと出た。手っ取り早く進路を決めようとしても、うまくいくわけがないのだ。

「いくらでも方法はあるから」

上村が肩を落とす俺に、慰めるように言った。

「ほら、世の中に大学はごろごろあるじゃない」

「そりゃそうだろうな」

「私の行く短大の周りだけでも、二、三個は大学あるんだよ」

「まあ、大学の多い地域だからな」

「もし、葉山君が本当に行きたい大学がないんだったら、西峰短大に一番近い大学受けてよ」

「ああ」

「で、一緒に登校したり、時々帰りにどっか行ったりしようよ」

「ああ」

あれ？　俺って今、告白されてる？　俺は上村の顔を見た。

「あんなにふさぎこんでても、米袋の中に入って跳べるんだよ。これくらいのショートがっかり、葉山君、朝飯前でしょう」

「確かにそうだな。そうかもしれない」

米袋に入ってポカリを飲んで、ブックオフに行ってポカリを飲んで、上村にそのつどやいやい言われて。そんなことをしている間に、完全に色あせてしまったと思っていた俺の目の前も、わずかだけど色づいてきた。できるのなら、もう少しだけ上村の力を借りてみたい。

「あ、飲む？　突然これから先を決断して、すぐさまがっかりしたから喉渇いたでしょ？」

上村が飲みかけのオレンジジュースを差し出した。

「ああ、ありがと」

俺はオレンジジュースを口にした。オレンジジュースは濃くて酸っぱかった。ポカリみたいに身体を潤してはくれないけど、ぼんやりした頭が少し覚めた気がする。

「よし、もう一回、調べてくる」

俺はオレンジジュースで覚めた勢いのまま立ち上がった。進路指導室に行けば、また無数のパンフレットが俺を待っている。しかも、今度はすぐに答えを出すこともできる。

「うん。がんばって。あと五分しか、昼休みないけどね」

上村はベンチに座ったまま、俺に手を振った。

「うわ、急がないと」

俺は校舎へと足を向けた。

空からは冬を迎えはじめた薄い太陽が、静かに中庭に光を注いでいる。こんなゆるやかな昼休みにたそがれている暇がないなんて、うそみたいだ。でも、ドキドキする。足を速める俺の中で、ことんと何かが動く音が聞こえた気がした。

水をためれば何かがわかる

1

「イエス、こっちだって。もう、イエス・キリスト!! ここだよ」

上村の大きな声に、道を行く人がきょろきょろしている。イエスって呼ばれているやつの正体を見ようとしているのだ。俺はできるだけ周りと視線を合わさないように、うつむきながら上村の前まで急いだ。

「あのさ、道の真ん中でフルネームで名前呼ぶのやめてくれる？ そもそも俺、イエスって名前でもないし」

「だって葉山君、何度呼んでも気づかないから」

上村は平然と言った。

「ごめん。えっと、じゃあ、行こうか」

何はともあれ、「イエスってあいつ？」という視線から逃れるのが先だ。俺はさっさと歩きはじめた。

「本当にまだ梅雨なのかなあ」

上村がのん気に空を見上げて、俺も空に目をやった。青空は水分など含んでいない。まだ梅雨明けは宣言されていないのに、七月に入ったとたん、太陽は激しく降り注ぐようになった。

この辺りは駅前だけど、バスのロータリーが大きめに造られているのと、木がたくさん植えられているお陰で、ゆったりと景色もきれいだ。

「今日はケンタッキーかな」

駅前に並ぶいくつかのファストフード店を見回して、上村が言った。

「そうだな。こないだはドーナツだったし」

たいてい上村が決めたものを食べたくなってしまう俺は、すんなり了承した。ものすごくたまに映画を見たり買い物に行ったりすることもあるけど、お互いのバイトがない日に駅前で待ち合わせて、ケンタッキーやらマクドナルドに行く。それがいつものパターンだった。

上村とは高校三年生の冬が始まりそうなころに付き合いだした。将来について何も考えていなかった俺は、ただ上村が行く短大に近いというだけの理由で、今の大学を受験した。誰も名前を知らないような大学だけど、学費のわりに設備も整っているし、図書室の蔵書も食堂のメニューも充実している。授業もいくつかは興味深いものもある、なかなかいい大学だ。

「私、鶏肉は嫌いだけど、ケンタッキーは好き」

上村はフライドチキンを食べると必ずそう言う。

「その話聞くの、三十五回目だよ」

「死ぬまでにあと百二十回は言うから。でも、驚いたことに、葉山君って好き嫌いないんだね」

「そうだな。何でも食べられるかな」

鶏肉もケンタッキーも好きな俺は、チキンをほおばった。

「高校の時の葉山君って、食事なんかしてられるかって雰囲気をふんだんに漂わせてたのに」

「そう？　暗いだけで昔から好き嫌いはなかったよ。今みたいにおいしいと思うことはあまりなかったかもしれないけど」

「そりゃそうだよ。あれだけどんよりしながら、これってうまいなって言われても怖いから」

上村はそう笑った。

「俺は上村の好き嫌いの多さに驚いたけど」

周りから遠ざかっていた俺なんかに声をかけてくれた上村だから、何でもＯＫなのかと思いきや、食べ物の好き嫌いは多かった。

「そうかな」

「鶏肉は嫌いだし、マクドナルドに行けばマスタードを抜き、モスバーガーに行けばマヨネーズを抜き、ポカリは飲むくせにアクエリアスは飲まないだろ？」

「なるほど。でも、ケンタッキーは食べるし、マヨネーズは嫌いだけどケチャップは食べる。だから好き嫌いにならないいんだよ」

「何その理屈。ケチャップはマヨネーズの代わりにはならない」

どうでもいい情報ばかりだけど、こうやって上村のことを少しずつ知っていくのはいい。知っていることが増えるたびに、また一つ踏みこめた気がする。

「お、イエスじゃん。彼女？」

快活な声に顔を向けると、Tシャツに短パンのさわやかな男がにこにこと立っていた。

「ああ、まあ。えっと……」

知っているようで知らない相手に俺があいまいに返事をする横で、上村はにっこりと「こんにちは」と言った。

「いいなあ。俺らは男三人だぜ」

そいつが顔を向けたほうでは、仲間らしき男が手を振っている。なんとなくその二人も見たことがあるような気がする。俺も手を振ってみた。

「たまには俺らとも遊ぼうぜ」

「ああ、そうだな」

「じゃあ、また明日な」

「おう。明日」

明日ということは同じ講義を受けているやつだな。納得した俺はさっきよりもしっかりと返事をした。

大学の最寄り駅でぶらぶらするから、上村といる時に大学の仲間にもよく会った。仲間といっても、顔見知り程度のやつがほとんどで、そのくせみんな俺をイエスと呼んだ。

「友達？」

「うーん、顔は見たことはあるんだけどなあ。たぶん、同じ講義をいくつか受けてるんだろう」

俺が答えると、「葉山君らしい」と上村は笑った。

「そう？」

「顔を見たことあるだけの人に、あだ名で呼ばれるあたりね」

「そうだよな。俺はあいつの苗字だって知らないのに」

俺も笑った。

大学に入ってたった二ヶ月で、俺はほとんどの人にイエスと呼ばれるようになった。

事の発端は、入学式だ。式は立派な大講堂で華やかに行われた。しかし、いざ講堂に入ってみると、なんと俺の席だけなかった。椅子の上に学籍番号が書かれた紙が貼り付けられていて、そこに着席する。ところが、２００８７９。俺の番号は何度探しても見つからなかった。保護者も座っているせいか、空席も見あたらない。入り口に立っていた係の人に申し出ると、その人は「うわ、抜けてました！」とバタバタしはじめた。今にも式が始まりそうだったし、みんなも何事かと注目しだした。慌てる係の人が気の毒だったから、俺は「いいですいいです。隅で立って見てますから」と言った。

しょっぱなのその出来事に、いくつかの俺の行動が上乗せされた。

学食の順番待ちで「Ａランチここで終了ね」と言われる。後ろのやつが「え〜どうしよう」とざわつくと、俺はすぐに譲った。「授業のノート貸して」「代わりに出席カード書いて」そういう申し出もたやすく承諾した。

そのうち、「葉山ってすげえいいやつだよな」となって、「どれだけ心が広いんだ」となって、「現代のイエスだ」となって、「そもそも葉山って全部ア段だから、発音しにくいな」となって、イエスというあだ名が付いたのだ。

今まで周りをよく見ていなかったけど、意外とみんなは競い合っている。俺にしてみれば、定食を食べられないことや席がないことなど、どうでもよかった。違うものでもおなかが膨れるし、立っていても同じ物が見られる。自分の物を貸すことも代わりに出席カードを書くことも、痛くもかゆくもない。誰かが授業に出ずして単位を取る。ノートを借りたやつが楽して良い点を取る。それをずるいとまくし立てるやつもいるけど、どうでもいいことだ。自分の点数が下がるわけでもないのだから、気にもならない。それを器がでかいとか、優しいとかと評価してくれる人もいるけど、全然違う。イエスというたいそうなあだ名を付けられた俺の行動は、残念ながら親切心からじゃない。人がすることなどどうでもいい。それだけだった。人のことを気にしないことが優しさにつながるなんて、やっぱり違う。

「葉山君がイエスと呼ばれる日が来るなんて、想像できなかったな」

上村は俺の顔を眺めた。

「高校の時はあだ名どころか名前を呼ばれること自体なかったけどな」

「そういえばそうだったね。でも、暗かっただけじゃなくて、葉山君思慮深かったんだ。たそがれているふりをして、こっそり世界平和とか考えてたんだね」

上村は俺の暗かった時代を平気で笑い話に変えてしまう。

「世界平和なんて考えてもなかったけど」

「でも、不思議だよね。少し前まで周りから孤立してたのに、今は名前も知らない人に手を振られてるんだもん」

「だよな。たそがれなくなっただけで、そんなに変わってないのになあ」

「そうなんだ」

「うーん。自分でも自分がよくわからないんだ。兄貴が病気だった時は兄貴が助かるようにって何でも必死だったけど、それって兄貴のためにやってただけで、もともとそんなにひたむきな性格じゃなかった気もするし。高校の時はどっぷり暗くて無気力なやつだったけど、それって兄貴がいなくなって落ちこんでただけで、たいして深刻な人間じゃないのかもしれないし。今、落ちこまなくなって、必死にならなくなって、結局はどういうのが自分なのか、不明なんだ」

　イエスと呼ばれることに違和感を持っているけど、じゃあどういうのが自分だというのかは、まるでつかめていない。

「ふうん」

　高校三年間、暗い俺をずっと見ていたのだから、ちょっとくらい本質に触れそうな言葉をくれてもいいのに、上村は適当な相槌《あいづち》を打った。

「ふうんって、どう思う？」

「私も時々そういうこと考えるよ」

「そうなんだ」

俺は意外な上村の言葉に、耳を澄ました。

「本当の自分って何か。そういうのって、永遠のテーマでしょ」

「うん、なんかまあ、そうだな」

「私さ、鶏肉が嫌いなくせにケンタッキーなら食べられるじゃない。それって、私がわがままなのか。いや、本当は気づかないだけで鶏肉が好きなのか。はたまた、ケンタッキーの味付けが奇跡的に上手なだけでこれは必然的なことなのかって。ずっと考えているのに、いまだに答えが出ない」

上村は真顔で言うと、「ビスケットはケンタッキーのでなくても好きだな」とビスケットにはちみつをつけた。

「時々、俺、はぐらかされてる気がする」

「何が？」

上村はきょとんとしたままビスケットを口に入れた。

「いや、まあいいけど」

まあいいか。考えてもわからないことは考えてもしかたないのかもしれない。俺もまだ温かいビスケットを口に入れた。

2

「これで夕飯が画期的においしくなるよ」

塚原は電子レンジを冷蔵庫の上に置くと、ほこほこした顔をした。

「ありがとう」

小さな冷蔵庫の上では危なげな立派な電子レンジだけど、これはとてもありがたい。俺は心から礼を言った。

大学進学と同時に、俺は一人暮らしを始めた。家賃や光熱費の支払いから、料理や洗濯。慣れるまで戸惑うこともあったけど、一人での暮らしは健やかで快適だった。

悲しみを共有できる人間がいることは、心強い。兄貴を亡くしてから、俺の家には普通の家族以上の絆《きずな》のようなものがあった。でも、それが同時に重い苦しみにつながることもある。悲しみをわかり合える存在が与えてくれるのは安心だけで、一緒にいることで悲しみが薄まるわけではない。そばにいることで、悲しみが色濃くなってしまうことのほうが多かった。

もちろんそう感じているのは俺だけじゃない。だから、「部屋ならいやってほど空いているのにね」母親はそう言いながらも、笑って引っ越しの準備をしてくれた。父親は自分の学生時代の一人暮らしの苦労話をおもしろおかしく聞かせてくれた。

実家から電車で五駅のアパート。ちょうどいい距離だ。時々実家に帰れば、一緒に暮らしていた時よりもこの家の息子なんだと実感することができた。兄貴の影の中で生活していた時よりも父親や母親の愛情を正しく感じることができた。


「後はベッドがあれば十分だな」

塚原はぐるりと俺の部屋を見渡した。

「置くところがないからいいよ」

「ベッドって相当楽だぜ。いちいち布団敷かなくていいんだから、速攻で寝られる。後三年したら、買い換えるから待ってろ」

「三年後ね」

塚原は顔見知りじゃなくて友達だ。いくつか講義が一緒で昼ごはんもたまに一緒に食べる。新しい物好きらしく、買い換えてはいらなくなった物をくれた。友達ができると、予想外の利益がある。

「そうそう。イエスのノート相当出回ってるぜ。塚原も写すかって俺の元にも三回くらい回ってきた」

塚原は一年浪人して年上のせいか、いろいろと世話を焼きたがった。

「全然かまわないんだ」

俺は電子レンジのお礼に取ったピザを開けて、塚原の皿に取り分けた。

「それが本気ってとこがすごいなあ。お前って太っ腹だな」

塚原はピザを一気に口に押しこんだ。塚原はいつも食べっぷりがいい。

「塚原はレンジはくれるのに、ノートは貸さないの？」

「レンジはイエスにあげるんじゃん。それにピザももらえるし。お前のノートは知らないやつまでにも出回ってる」

「そうか」

「もし、俺が貸すなら金取るな。一人百円としても十人に貸せば千円だぜ。イエスのノートは二十人には出回ってるから、二千円にもなる」

それはバイトの時給よりもずっといい。最初からお金を取ってればよかったと少しだけ後悔した。

「そんな手があったのか」

「そうだよ。それだけお金があればこの部屋ももう少し何とかなるのにな」

塚原はここに来るたび、「いつ来ても殺風景だ」とぼやいた。部屋には小さなテーブルと座布団くらいしかない。六畳なのだからそんなところだろう。

「塚原の部屋が物で溢れすぎなんだよ」

何度か塚原のアパートに行ったことがあるけど、息が詰まりそうなほど物があった。オーディオ機器にテレビにソファがあって、ＣＤやら本やら洗濯物やらプラモデルやらが転がりまくっていた。

「ああいうのが普通。生きている人間の部屋って感じだろう」

塚原は自慢げに言った。

「あんまり物を増やすのもな。片付けるの面倒だし」

俺は自分の部屋を見回してみた。これで十分だ。

兄貴が死んだ時、残したものを片付けるのに家族で心を割いた。そのまま置いておくのが正しいのかどうかすら、見当がつかなかった。兄貴に直接つながるものもあれば、悲しみにしかつながらないものもあって、長い時間を費やして悩んだ。

「彼女は何も言わないの？」

「間取りが変だとは言ってたかな」

俺は上村のことを思い出して笑った。築四十年を超えるアパートはこぎれいに使われてはいるけど、古さは否めなかった。だけど、何より玄関を入ってすぐに台所とユニットバスがあって、そのくせ洗面所は部屋の一番奥についていることに、上村はおかしがった。来るたびに、「どうして洗面所があんなところにあるの?」と騒いだ。

「なるほどなあ。ああ、おなかいっぱいになったし、俺泊まってく」

さんざんピザを食べた塚原が畳の上に転がった。

「泊まるって、まだ五時じゃん」

「うん。レンジ運んで、ピザ食べたら疲れた」

「俺、もうすぐバイトに行くけど?」

「いいよ。適当に風呂入って、適当に寝ておくから、気にすんな」

塚原の目はもう半分ふさがっている。

電子レンジに友人に。途方にくれなくなった俺の元には、いろんなものが入ってくるようになった。

3

進路を決める時、上村に大学は自由な場だと言われた。好きなだけたそがれてればいいって。

それは当たってないことはないけど、意外にやることはあった。勉強はそれほど押し迫ることはない。ぼんやり座って時折ノートを書けばそれでよかった。イエスたる俺は出席カードを何枚も書いたり、顔しか知らないやつにノートを貸すこともあったけど。

それに比べて、大学生活に付随することは忙しかった。何より生活するためのお金が必要だった。たいした目的もなく入った大学の学費も払ってもらっている上に、一人暮らしの費用まで捻出してもらうのはさすがに気が引けたから、俺は空いている時間をせっせとバイトにつぎこんだ。

普段は夕方から駅前の書店で働き、時々引っ越しのバイトに出かけた。

「えっと、東京ウォーカーってどこにありますか？」

そっか。今日は火曜日だったな。雑誌の販売日で日付や曜日がわかったりするのが、書店のバイトの便利なところだ。

「いつも同じところに置いてますけど」

俺は作業をしながら答えた。

「感じの悪い店員だな。店長呼んでください」

「わかったわかった。こっちだって」

俺は上村を情報誌のコーナーへ連れて行った。

上村はよくバイト先の書店に来る。本は読まないからなあと言いつつ、「コンビニでも売ってるのに、わざわざ葉山君のバイト先で買うんだよ。けなげでしょう」と恩に着せながら、月に二回東京ウォーカーを買ってくれた。

「葉山君が物を売ってるなんて感激しちゃう」

「だろ。三百五十円です」

上村は「お釣りは取っとかないでね」と、五百円玉を出した。

「はい。えっと、百五十円のお返しです。袋にお入れしますか？」

上村が喜ぶので、店員らしい口調で言ってみる。

「入れなくていいですよ。おお、百五十円で合ってる。半年前まで遠い目をしていた葉山君が、お釣りまで計算するとは。さすがだね」

上村は感心するけど、計算はレジがしてくれた。

「これぐらいの引き算、俺、小学二年でマスターしてたけどな」

「そっか。天才児だったんだ」

「それより、もう少ししたら三十分休憩あるから、一緒に何か食べよう」

俺はこっそりと言った。

シフトがよく一緒になるパートの山口さんが上村が来たことに気づいて、本を並べつつもにやにやしている。山口さんは気のいいおばさんでいろいろ教えてくれるけど、必要以上に人の恋愛が好きで上村のことをいちいち聞きたがった。

「うん。じゃあ、マクドナルドで待ってる」

上村は「こんにちは」と山口さんに挨拶をして、店を出て行った。

マクドナルドに着くと、上村は隣の席の子どもたちと遊びながら待っていた。

「ごめん、待たせて。えっと、こんにちは」

俺がついでに子どもたちにも挨拶をすると、上村は、

「葉山君って実は子ども好きなんだね」

と、笑った。

「そうかな。でも、ああいう兄弟見ると楽しくはなるな」

隣の席では、同じ顔をした男の子二人が、ポテトを食べてキャッキャと笑ってはこちらの様子を窺《うかが》っている。にこりと笑いかえしてやると、照れたように母親の背中で顔を隠し、またポテトを食べてこちらを見る。それを繰りかえして兄弟で盛り上がっていた。

「葉山君のところも、あんなふうに仲が良かった？」

「子ども時代の記憶だからあやふやだけど、仲の良い兄弟だったと思う」

「そっか」

俺は上村が買っておいてくれたオレンジジュースをごくりと飲んだ。酸っぱくて頭がすっきりする。

「上村だって子ども好きだろ？」

「もちろん。だから、幼児教育学科にいるんだよ。私、人の八十五倍母性本能があるんだ」

上村は保育士になりたいと高校生の時から言っていた。

「上村のところって、お母さんも保育士？」

「いや、違うかな」

「へえ。じゃあ、お父さんは何してる人？　考えてみたら知らなかった」

俺は上村が一人っ子だということしか知らない。どうでもいいことは知っているのに、基本的なことは案外知らないものだ。

「うーん、そうだなあ。葉山君の家は？」

「俺のところは、父親は何か食品関係の研究所みたいなところで働いてる。よく考えたら親の仕事って詳しくわからないもんだね」

「ね」

「って、で？」

「でって何？」

「上村の親って何してる人？」

こういう質問ってしたらいけないんだっけ？　少し空気が滞った気がして俺はもう一度オレンジジュースを飲んだ。

「私の家って、親いないんだ」

「へえ……って、何それ？」

「両親っていないんだよね」

上村はさらりと言ってのけたけど、予想もしていなかった答えに、俺は理解ができなかった。

「へ？」

「だから、うちにいるのはおじいちゃんとおばあちゃんなの。両親はいなくて、おじいちゃんとおばあちゃんと私の三人で暮らしてるんだ」

上村は簡潔に説明した。

「どういうこと？」

「どういうことって、そういうこと。もともとお父さんもお母さんもいないんだ」

「俺、全然知らなかったんだけど」

突然入ってきた情報に呆然《ぼうぜん》として、俺はしばらく経ってから、やっとそう言った。

「だって話してないもん」

「俺、本当に何も知らなかった」

「だから、話してないって。葉山君と付き合うのに、家庭環境を報告する必要があるの？」

「そういうわけじゃないけど。だけど、話してくれてもいいじゃん」

付き合っていれば、そういうことって普通知ってるものじゃないのだろうか。

「残念ながら、私、昔悪かったって話と、昔不幸だったって話を披露するのって好きじゃないの」

上村はうんざりしながら言った。

「でも、知りたいじゃん。どんなことだって知りたいし、特にそういう、なんていうか、あまり人に見せないような部分を見せてくれたら、安心するじゃん。少し上村に踏みこめたんだなって、ほっとするじゃん」

「じゃあ、今度会う時までに、あまり人に知らせない話をためこんどくよ」

上村は真剣に話す気がないのを示すように、ポテトをかじりながら言った。

少しずつ上村に近づいていると思っていたのに、どうしようもない距離を見せつけられた気がした。そして、一番悲惨なのは、それを上村がどうしようともしないことだ。俺は間違っているのだろうか。俺は混乱して、悲しくなって、がっかりして、久々に途方にくれた。

「考えてみたら、俺、上村の泣いたところも見たことない」

「そう？　こないだ、足の小指をタンスにぶつけた時涙ぐんだよ」

「そういうんじゃないよ」

「だったら、こないだ一緒に映画を見た時泣こうと試みたけど、先に葉山君が泣くから泣けなかったんだよね」

上村はまじめになることを完全に放棄している。このままいくら話しても、埒《らち》なんかあかない。何一つつかめないまま、頭の中がぼやけていくだけだ。こういう時、どうしたらいいんだっけ。自分のことや目の前のことがわからなくなった時、どうするのがいいのだろう。ぐるぐる巡る俺の頭に、一つ言葉がぽかんと浮かんだ。

「わかった。俺、タイに行く」

「タイって何？」

俺の宣言に上村は眉をひそめた。上村に不審な目をされて、俺も自分の勢いに自分で驚きそうになった。

「タイって、タイ王国だよ。ほら、自分探しにタイでもインドでも行ける。それが大学のいいところだって、上村も言ってただろう？」

「そんな話あったっけ？」

「うん。だから、タイに行く」

タイには人も仏もいっぱいいる。きっと日本にないものがたくさんあるはずだ。何の知識もないくせに、タイにさえ行けば、何かがわかるような気がした。

「葉山君って、時々衝動的になるね」

上村は俺の顔をしげしげと眺めた。

「そんなことない」

「大学決めた時も突然だったよ」

「そういえばそうだけど」

「でも、タイって仏教徒が多い国でしょう？　どうせなら、パレスチナとかローマに行くべきじゃないの？」

「いや、イエスはあだ名だからいいんだっていうか、俺は自分を探しにいくだけで悟りに行くわけじゃないから」

「だったら、お金もかかるし、北海道とか九州でもいいじゃない。パスポートとか取るの面倒だし」

「いいんだ。タイで。いや、タイに行くんだ」

そうだ。タイは良いところだ。繰りかえして言葉にすればするほどそう確信した。海外など行ったことないけど、そのはずだ。

「そっか。まあ、自分を探すって面倒くさそうだけど、応援する」

上村は他人事《ひとごと》のように言った。

4

タイに流れているのは、日本とはまったく違う雑多な空気だ。汚さも美しさも一緒に見せてくれる、生きるためのエネルギーで溢れている国。そして、その底には長くつながれた歴史がひそやかに息をしている。コンクリートや高層ビルにも阻《はば》まれることのない歴史の息遣いは、今ここに立つ俺の身体にもダイレクトに伝わってくる。

「こっちですよー。フレンドリーハッピーツアー、欲張りタイ魅惑の四日間のお客様。早くご乗車お願いします」

「ああ、すみません」

感慨にふけっていた俺は、ガイドさんの声に慌ててマイクロバスに飛び乗った。

「ちょっと、兄ちゃん、たそがれるのはええけど、集団行動乱したらあかんわ」

「すみません」

俺はバスの中の人にぺこりと頭を下げた。

自分を探す旅は、なぜか欲張り魅惑のツアーになっていた。上村に宣言したからには、すぐに出発したかった。宣言した日にそのまま旅行代理店に行って、近い日に空きがある一番安いツアーがこれだった。「航空券を買うよりお得ですよ。ごはんもホテルも観光も付いているし。いくつか土産屋には行かないといけないけど、無理に買わなくてもいいんだしね」などと言われ、「ああ、まあそうですね」と答えているうちに、出発になったのだ。

タイまでは一人だったのに、バンコクに到着するや否や、片言日本語のガイドさんの下、新婚旅行らしき男女二人と、関西から参加したおばちゃんたちのグループと共に行動することになった。

さすがに欲張りなツアーだけあって、昨日の深夜に到着して今日の朝早くからバスに乗って連れまわされた。バスに乗っては降りるを繰りかえし、あちこちを巡る。どこを観光しているのかさえわからなくなりそうだ。

「はい、次は、いよいよ皆さん、お待ちかねのね、象に乗りましょう。象ね。大きいですよ。

びっくりですよ」

ガイドさんがそう言って、俺たちはぞろぞろとバスを降りた。

大きな公園の中にはゆったりと五頭の象が歩いていた。お決まりの観光場所らしく、他のツアーの客もたくさんいる。象もタイの人も流れ作業のように、客を乗せてはぐるりと公園を歩いていた。きゃあきゃあ喜んで乗る新婚夫婦と「象ってほんまに大きいな」と感心するおばちゃんたちについで、俺は一人で黙々と象に乗った。これはとんでもない苦行だった。

高校生の時、俺は休み時間も誰とも遊ばず、一人で本を読んでいた。だから一人はお手の物のはずなのに、こんなに楽しそうな場ではきつかった。「え？　あの人、まさか一人？」そういう目が痛い。ひとりぼっちの人を乗せることなどそうないだろうと思うと、象にも申し訳なくなってくる。まあ、象はそんなこと気にもせずのっそり歩いて、俺を好奇の目にさんざんさらしてくれたけど。

「兄ちゃんの写真も撮っといてあげたで」

象から下りると、同じツアーのパーマのおばちゃんがデジカメの画面を見せてくれた。

「ありがとうございます」

一人寂しく象に乗っている写真なんていらないけど、俺は礼を言った。

タイまで来たものの、こんなことで何かがつかめるのだろうか。俺は何だか心配になってきた。いや、もしかしたら象が何かを教えてくれるのかもしれない。普段入らない米袋に入った時みたいに、滅多に乗ることのない象に乗ることで、何かがわかるのかもしれない。俺は自分を乗せてくれた象を見上げた。象の目はうつろだ。たくさんの人を背中に乗せている象も、いろいろ思うところがあるのだ。象よ、俺もだよ。俺が象の体に手を伸ばそうとすると、またもや片言の日本語が飛んできた。

「さあ、皆さん、次、行きますよー。バスにね、乗ってくださいね」

一つ一つの場所に滞在する時間は一瞬だ。感傷的になったり、ましてや自分を探したりする暇など与えてはくれない。ぎっしりみっちり楽しむためのツアーなのだ。俺は象にさよならを告げ、おばちゃんたちに怒られないようにさっさとバスに乗りこんだ。

昼から巡ったアユタヤ遺跡は素晴らしかった。何かを考えそうにもなったけど、目の前の遺跡に圧倒されて、その歴史を感じるだけでいっぱいいっぱいだった。それに、ようやく目が慣れてきて思いをはせようとする時には、おばちゃんたちや新婚夫婦の写真係として俺は何度も呼びかけられた。一日の行程を終えて夕食場所に着いた時には、俺はツアー客の中で一番若いのに、一番ふらふらだった。

「兄ちゃん、こっちやで」

欲張りツアーの夕飯はタイスキとかいう鍋の食べ放題で、おばちゃんたちが声をかけてくれた。

「気を遣ってもらって、すみません」

一人で鍋を食べ放題なのは一人で象に乗るのと同じくらい悲しい。俺はおばちゃんたちの席に入りこんだ。

「そんなん、一人で目の前でじっとり食べられるほうが気重いわ」

太ったおばちゃんが陽気に言った。

「だいたい兄ちゃん、一人でツアーなんてどうしたん。まさか、彼女にドタキャンされたんか？」

パーマのおばちゃんはそう言いながら、どんどん俺の皿に野菜や肉を入れてくれた。

「いえ、最初から一人なんです」

俺はいただきますと手を合わせた。

「一人？」

「はい」

「なんで一人でツアーなんか来んの。一人やったら、チケットだけとって、好き勝手にあちこち回ればええやん。兄ちゃん変わり者やな」

太ったおばちゃんが眉をひそめた。

「はあ。そうですか」

「うちの息子もなんや、一人旅するとか言うて、一ヶ月ほどアメリカに行って自由にしてるで。そのほうが気楽ちゃうの」

メガネをかけたおばちゃんも言った。最近の若者は勇敢なんだな。俺は変なことに感心した。

「一人でツアーなんて大変やん。うちらみたいなおばちゃんらに囲まれなあかんしな」

今度は太ったおばちゃんが、俺の皿に海老やらイカを入れてくれた。おばちゃんたちは口と同じだけ箸が動く。

「いや、そんなことないです」

俺は辛いタイスキをせっせと食べた。

「そんなことより、ほらほら、見てみ」

パーマのおばちゃんが声を潜めて、新婚夫婦のほうへ目をやった。他のおばちゃんたちも同じように顔を向ける。

「どうしたんですか？」

「あの二人怪しいで」

「怪しいって、どこがですか？」

「どこがって、兄ちゃん、どこ見てんねん。今日のアユタヤ観光の帰りから一言も口きいてへんやん。こりゃ、けんかやな」

パーマのおばちゃんは偉そうに言った。

「最初っから、いまいちしっくりきてへん夫婦やなと思ってたてん」

太ったおばちゃんも知ったふうだ。

「奥さん、気強そうやもんな」

「そうそう、あれは手ごわいで」

「ほんま。こりゃ、成田離婚決定やな」

おばちゃんたちは下世話なことを嬉々《きき》として言い合った。

「兄ちゃんもそう思うやろ?」

「さあ、あ、でも、あの人たち、成田じゃなくて名古屋からの参加ですよ」

俺が訂正すると、おばちゃんたちは「おもんないな、兄ちゃん」と言って、またもや夫婦の話で勝手に盛り上がり、好きなだけタイスキを食べて、やっぱりこれがないとあかんわと、最後にはかばんから梅干を出して俺にもくれた。

おばちゃんたちと鍋を囲んで、噂話に耳を傾けて、梅干を食べる。こういうことが、俺に何かを導いてくれるのだろうか。梅干の酸っぱさに目をつむってみたけど、何も浮かび上がってはこなかった。

二日目の朝。安いホテルはしっかり乾燥して喉がカラカラだった。一気に水を飲んで、日程表を確認してみる。今日は朝から渡し舟に乗って、ワットアルンやらエメラルド寺院やらを回って、昼からは足つぼマッサージを受けショッピングをするようだ。

どうしたものか。俺はカーテンを開けて、窓の外を眺めた。外は良い天気なのに、空気が悪いせいで濁って見えた。

集団で行動していて、何かがわかるのだろうか。昨日の一日を振り返ってみる。わざわざタイまで来たというのに、俺は自分を探していないどころか、何一つものを考えていなかった。旅とは日ごろ立っている場所から離れて、自分自身の内なる声に耳を傾けることだと何かに書いてあった。おばちゃんたちと鍋を食べて、みんなに注目されながら象に乗っても、自分自身の声など聞こえるわけがない。せっかく日本を離れてここまで来たんだ。一人になってみること、それが必要だ。

俺は体調が悪いとか何とか理由をつけて、今日の観光をキャンセルした。

欲張りツアーの一行がホテルから出て行くのを確認すると、俺はゆっくりと顔を洗って支度をした。考えてみたら、ツアーは普段の何倍も忙しい。昨日は朝からずっとバタバタしていた。もっと異国で流れる時間を味わおう。その中で見えてくるものがあるはずだ。たくさん回ってもしかたがない。やりたいことは観光ではないのだ。じっくり見て、じっくり考えよう。俺は欲張りツアーでもらった案内を見て、ワットポーを行き先に選んだ。寝ているお釈迦《しゃか》様は一度は見てみたい。ホテルを出ると、トゥクトゥクに乗って、少々ぼったくられてワットポーに向かった。

ワットポーは寺院だというのに騒々しく、街のマーケットと同じくらい活気も熱気もあった。本当の信仰心は周りを圧倒するものがあるのだ。

兄貴がいたころ、俺は神様に何度も何度も祈った。兄貴を助けてくださいとあらゆる神にすがった。神がなんたるかはわかっていなかったけど、あの時の俺は真剣だった。でも、そんな祈りなど足元にも及ばない必死な思いがここにはある。陽気でパワフルで、日本の神社のような厳かな雰囲気はないけれど、本物だって気がした。

俺もみんなの流れに従って、祈りをささげた。何をどう祈るべきか思いつかないまま、ただ目を閉じて手を合わせた。寝ている巨大なお釈迦様ののん気さには衝撃を受けたけど、ひっきりなしに願う人々の思いを聞くには、これくらいどんとかまえているほうがいいのかもしれない。

寺院を出ると、俺は人波を外れて歩いた。ここから静かに思いを自分に向けるのだ。日陰が多いせいか、暑くてもここら辺はまださわやかだ。

　えっと、なんだったっけ。まずは、自分自身のことだ。俺がどんなやつかってことを考えよう。暗いのか暗くないのか。必死なのか必死じゃないのか。いつだって、俺は兄貴の存在に振り回されていたけど、何にも振り回されていない時の俺はどんな人間なのか。

　じっくり考えてはみるけど何も浮かばなかった。太陽がじりじりと照ってくるだけで、空を見上げてもヒントは降ってこない。

　自分自身のことなんて、最初からハードルが高すぎるのだ。もっと簡単なことから考えよう。そう、上村のことだ。上村はどうして自分のことを話さなかったのか。それが今回の旅の発端だ。上村は変なところがあるからな。でも、俺だって、上村が最初から知ってたからよかったものの、兄貴のことを自分から打ち明けられただろうか。上村には痛いところも知っておいてほしいけど、何もない状態から話すのは難しい。今だって、兄貴を亡くしたという事実は話せても、そこに付随しているものを俺は誰にも話せていない。兄貴のそばにいながら、ずっと抱えていたもやもやしたものや鬱積《うっせき》したものは、親にすら知られないようにしていたじゃないか。

　もう一度空を見上げてみる。異国に来て、一人になって、ゆったりと進んでも何も出てこない。このままいくら頭をひねっても、たどり着けそうもない。

そうだ、せっかくタイにいるんだからタイならではのものに触れないとな。そういう中でこそ、何かに気づくはずだ。俺は周りを見回した。通りにはあちこちに小さな屋台が出て、揚げたバナナを売っている。本当にどこを切り取っても、活気のある国だ。俺はビニール袋にどっと入れられた茶色い揚げバナナを一つ買った。

考えたり歩いたり祈ったりしたせいで、おなかがすいていた。ビニール袋から一つ取り出し、まだ熱いバナナを口に入れる。見た目はいまいちだけど、揚げバナナはシンプルでおいしかった。

好き嫌いがない俺だけど、バナナはもごもごしてあんまり好きではない。でも、これはほどよく甘くてしっとりして、いくらでも食べられた。上村が鶏肉は食べられないけどケンタッキーなら食べられるように。そっか。嫌いなものも揚げたらいいんだ。揚げると苦手なものでも食べやすくなるんだ。俺は揚げバナナを食べながら、なんとも愉快な気持ちになっていた。タイまで来てわかったこと。それがこんなことだなんて。

わざわざ一人になろうとしなくたって、俺はずっと一人だった。ついこの間までたくさんの時間をかけて自分の中にこもっていた。周りを遮って死んだ人の出てくる小説ばかり読んでいた。でも、何もわからなかったのだ。自分にだけ心を向け、自分自身と対話していたのに、答えにかすることさえなかったのだ。どうしてそれを忘れていたのだろう。

俺は自分の内なる声を聞き取れるほど繊細ではない。日常を離れることで何かを探し当てられるほどワイルドでもない。だいたい俺の中の奥のほうは、何もつぶやいていないのかもしれない。耳を澄ましたところで、独り言など発していないのだ。

あの時、上村が俺に声をかけてくれた。だからほんの少し未来が見えたんだ。一人で悟ってみたところで、わかることはせいぜい知れている。

日程表どおりに行けば、今ごろツアーの一行は昼ごはんを食べおえて、マッサージに向かっているはずだ。俺は急いだ。トゥクトゥクに乗って、マッサージ店に向かう。いろいろ考えてちょっぴり深まった俺は、ぼったくられることはなかった。

日本語で「ようこそタイマッサージへ」と案内が書かれた施設の中に、欲張り魅惑のツアーの一行がいた。

俺の姿を見つけると、おばちゃんたちは笑顔で「兄ちゃん、こっちこっち」と、手を振ってくれた。「なんや、兄ちゃんおらんかったから、寂しかったんやで」そう言われて、なぜか嬉しくなってしまう。

「はよ、やってもらい」

「姉ちゃん、この兄ちゃんの足の裏もマッサージしたって」

おばちゃんたちに言われるままに、俺は椅子に座り、せっせと足の裏のマッサージを受けた。

マッサージのお姉さんいわく、胃腸が弱いということがわかった。それで十分だ。


「自分探し？」

おばちゃんたちは、俺の説明を聞いて大笑いした。

「まあ、手っ取り早く言うとです」

「やっぱり学生さんは贅沢やな」

メガネのおばちゃんが言う。

「ほんまやで。そんなんおばちゃんらようせんわ」

パーマのおばちゃんは俺の背中を叩いた。

「そうですね。やっぱり今しかできないですよね」

俺は食べ放題のタイ料理を口に運びながら、肩をすくめた。欲張りツアーはしょっちゅう食べ放題になる。しかも、おばちゃんたちがどんどん皿に入れてくれるから、俺は大量に食べることになる。もしかしたら、これが胃腸を弱くしている原因かもしれない。

「でも、そういえばうちのだんなも、何年か前に一人で中国に行ったわ。男って時々そういうことしたくなるんやろか」

　太ったおばちゃんが、甘辛い焼きそばをがつがつ食べながら言った。

「だんなさんも、自分探しですか？」

　このおばちゃんのだんなってことは五十歳は過ぎているだろう。それだけ歳《とし》を重ねていても、自分を見失うこともあるのだろうか。

「いやいや、自分やなくて、育毛剤探しに」

「育毛剤？」

「そう。なんや、中国に何千年の歴史の総力を尽くした毛生え薬があるとかいうのを聞いて、買いに行くって一人で唐突に旅立ってったわ」

　太ったおばちゃんが言うのに、他のおばちゃんは笑ったけど、俺は「それで、薬は見つかったんですか？」とまじめに聞いた。だんなさんの思い切りのよさに応援したくなったのだ。

「なんか怪しげな薬は買ってきてたな。帰ってからは機嫌よう毎日頭に振りかけとったけど、すぐなくなって今はカツラかぶってるわ。まあ、かぶるって言うても、夏はむれるとかで冬だけやねんけどな」

　なんて人なんだ。はげだということが周りに知れ渡ってるのに、堂々とカツラをかぶり、堂々と毛生え薬を探す旅に出るなんて。俺が「いい男ですね」と言うのを、おばちゃん三人は「どこがやねん」と大爆笑した。

「ほんで、兄ちゃんはなんで自分探しに行こう思ったん？　失恋か受験失敗か？」

「いや、失恋はしてないんですけど。なんていうか……」

毛生え薬の話を聞いたせいか、俺はとてもオープンな気持ちになっていて、上村とのことをおばちゃんたちに話していた。

「兄ちゃん、あほやなあ」

「何でも知りたいって、よう言うわ」

一とおり話を聞いたおばちゃんたちはまたもや大笑いした。よく食べ、よく笑うおばちゃんたちだ。

「でも、なんていうか、好きだったらどんなことでも知りたいって思ってしまうじゃないですか」

「そんなん、世の中知らんほうがええことのほうが多いで」

「そうですか」

「そりゃそうや。うちなんて、ほぼ毎日、閉店間際で半額になったスーパーの惣菜を、皿に入れ直して夕飯に出してるけど、だんなには何も言うてへん。だんなは満足そうに私が作った思って食べとるわ。そういうの正直に言ったほうがええと思う？」

太ったおばちゃんが力強く語って、「おお、知るべきじゃないですね」と俺も深くうなずいた。

「うちのところは、娘が嫌がるし、だんなの服だけ別に洗濯してる。だけど、だんなには言われへん。そんなん言うたら傷つけるし、墓場までの秘密や」

メガネのおばちゃんも言った。

「そんなん言うたら、うち、へそくりで二十万以上貯めてるで。こんなんだんなが知ったら、卒倒するわ」

パーマのおばちゃんも告白した。おばちゃんたちは愛すべき対象であるだんなに秘密だらけだ。

「なんでもオープンにすりゃ、誠実や思ってるなんて、若気の至りや。あほらしいで」

「そうかもしれないですね」

「語らんのも愛情のうちや」

「あれ？　でも、今って打ち明け放題ですね」

おばちゃんたちの秘密を知ってしまった俺はそう笑った。

「ここで話すんは道頓堀川《どうとんぼり》に放りこむんと一緒やしな」

「道頓堀川？」

パーマのおばちゃんの言葉に、俺は首をかしげた。

「兄ちゃん、道頓堀も知らんの？　汚いのに愛されてる川や。汚れて川の中何も見えへん。みんなに愛されてる分濁ってるからな。その道頓堀やったら、どんなこと放りこんでもうまいこと飲みこんでくれるやろ」

「なるほど」

「そうそう。時々放りこまな、さすがにおばちゃんたちも秘密でパンクするしな」

おなかをさすりながら、太ったおばちゃんが言った。

「よっしゃ。そろそろ、デザートとって来るわ。ええのんいっぱいとってきたるから、兄ちゃん待っときや」

おばちゃんたちが景気よく立ち上がった。もうこれ以上食べられませんと言いたいところだけど、それは誠実じゃない。俺は胃を押さえて微笑《ほほえ》んだ。


ツアー最終日。後は免税店によって、空港に向かうだけだ。

「もう、兄ちゃん、何とかしてえな」

太ったおばちゃんが俺の背中をつついた。

新婚夫婦がいまだに口をきかないままなのだ。放っておくべきことなのだけど、六人しか客のいないマイクロバスの中で重い空気を流されるのは確かにしんどい。ガイドさんもどうしていいのかわからないのか一切二人に触れようとしない。もしかして高校生の時の俺ってこんな感じだったのだろうか。周りのみんなはどう思っていたのだろう。上村はどんな気持ちで声をかけてくれたんだろう。そんなことをふと思った。

「あのままじゃあかんと思わへん？」

「そうですけど、そっとしておくほうがいいですよ」

俺は声を潜めておばちゃんたちに忠告した。

「冷たいなあ。そんなんようせんわ」

「ほんま、兄ちゃん、ここで動かな男やないで」

おばちゃんたちは口々に俺を非難した。でも、たぶん俺のほうが正しい。

「こういうのって二人のことですから」

俺はおばちゃんたちに丁寧に言った。

「なんやねん、それ。兄ちゃん、二人が別れたらどうすんの」

「どうもしませんけど」

「どうもせえへんって、他人事やと思ってひどいなあ」

「ほんまや。もう今にも別れそうやのに」

おばちゃんたちが話す声は、きっと新婚夫婦に聞こえている。そのほうがよっぽどひどい。こうやってこそこそ話していることは、二人を嫌な気分にさせているはずだ。これ以上おばちゃんたちが騒ぐのは避けたかったから、俺はしぶしぶ二人の座席に近づいた。

「あの、二人ともどうかされたんですか？ 昨日から全然話してないし、暗い雰囲気だし、何かあったんですか？」

誰かを気づかって声をかけたことなどない俺は、思いっきりそのままを言葉にして、マイクロバスの空気を冷えさせた。

「は？」

奥さんは怪訝《けげん》な顔をした。

「いや、なんていうか、その、ほら、お二人とも静かだし。せっかくの旅行なのにと思って」

俺はおろおろしながら、かろうじて言葉をつないだ。

「うんざりしてるだけ。頼りにならないから」

奥さんがきっぱり言って、だんなさんはばつが悪そうに横を向いた。

「この人、一人じゃ何もできないのよね。旅行してみて、それがよくわかった」

「ああ、なるほど」

俺はうっかり納得しそうになって、頭を横に振った。

「いやいや、えっと、ほら、そんなのよくある話ですよ。いざ、旅行に行ってみたら彼氏の頼りなさが目について、けんかになるなんて、定番中の定番です」

「そう？」

「そうですよ。兄弟の優れてるほうが死んでしまって残されたほうがどう生きるのか路頭に迷うのと同じくらい、定番です」

励まされることはあっても人を励ましたことのない俺は、無駄なたとえ話でバスの中をさらに暗くした。

「意味わからないんだけど」

「すみません。でも、一緒にぎっしり欲張りツアーなんかで行動したら、どうしたって細かいところが目につくじゃないですか。きっとだんなさんだって、奥さんのいろんなところが目についてるはずです」

奥さんはうんざりしたのか、不愉快な目で俺を見るだけで何も言おうとしない。だんなさんは俺とも奥さんとも目を合わせない。状況は悪化しているのに、おばちゃんたちは助け舟を出そうともしてくれない。

上村はどうやっていたのだろうか。あんなにもどんよりしてた俺に、どんなふうに声をかけてくれたんだっけ。

「えっと、俺、恋人がいろいろ話してくれなくて、何だかむなしくなって旅に出たんです。だから、欠点だとしても、普段知らない部分を知れただなんて、少しうらやましい気もします」

俺の声だけがバスの中にむなしく響く。誰も俺の言葉に関わろうとしない。ここまでむげにされるとさすがにめげそうだ。以前の俺は周りをシャットアウトしていた。だけど、他人にシャットアウトされるのはけっこう厳しいものだ。

「これから先、ずっと一緒にいたら、実はだんなさんがはげているってことを知ることになるかもしれないし、えっと何だっけ、奥さんだって嫌な面を見せるかもしれないし……」

「で、何なの？　何が言いたいの？」

奥さんはたまりかねたように言った。

「何ってことはないですけど」

「あなたに関係ないじゃん」

そのとおり。奥さんが正しい。俺には関係ないし、立ち入るべきことじゃない。おばちゃんたちがうるさく言うから、こうなったんだ。でも、おばちゃんたちが完全に間違っているわけでもない。

「あの、俺、イエスっていうあだ名なんです」

「は？」

奥さんの顔がさらに渋くなった。

「みんなにイエスって呼ばれてるんです。イエス・キリストのイエス。まあ、それは関係ないんだけど、でも、争いは止めたほうがいいのかなとも思うし」

「何かの宗教？」

奥さんにひかれて、俺はくじけそうになった。上村はあんな俺に、よくも果敢に声をかけたものだ。

「いやいやいや、違います」

「じゃあ何？」

「あの、俺、話すのへたくそだし、今、すごくあたふたしているんです。必要じゃないことばっかり話してしまっているし、どうしたらいいか」

「で？」

「でも、なんていうか、やっぱり険悪でいてほしくないっていうか、お二人とは何も関係ないし、どうだっていいんですけど、このまま解散になってしまったら、ほんの少し、やっぱり気にかかるし」

俺はそこまで話すとどっと疲れて、大きく息を吐いた。

「こんなに話へたな人見たことない」

奥さんはそう言って、ほんの少しだけ口元を緩めた。だんなさんも愛想ばかりの笑みを向けてくれた。

「どんまいどんまい」

「兄ちゃんにしたら、ようやった」

自分の席に戻ると、おばちゃんたちはボクシングのセコンドのように俺の肩を叩いた。もちろん、俺のいんちきくさい説得で夫婦が話すようになったりはしなかった。でも、ほんの少し笑ってくれた。それでいい。とにかくあの夫婦が乗る飛行機が着くのはセントレアだから、別れたりはしないはずだ。

5

「どうだった？」

三週間ぶりに会う上村は、うっすら日焼けして元気そうだった。パスポートを取って旅行準備をして、ひたすら暑いタイに行っていた間に、夏も真っ盛りに入ろうとしていた。

「楽しかったかな」

「なんか葉山君、ほんの少しだけどたくましくなったね」

上村はいつものように、ケンタッキー・フライドチキンをおいしそうに食べながら言った。

「そうかな」

本物の信仰心や人々のエネルギーに触れたからだろうか。いや、もしも成長していたとしたら、それはたった一人で賑やかなツアーに参加したからだ。思いっきり場違いなところにいることで、どこかは強くなった。見ず知らずのおばちゃんたちに、自分をさらけ出してしまうくらいには。

「タイに行ってよかった？」

「そうだな。やっぱりタイはいい国だった。人々は生きることに貪欲で、人間のあるべき姿を見たっていうか」

俺は自分で話していて、自分で噴き出した。

「何、どうしたの？」

不思議そうな顔をする上村に、俺は正直に欲張り魅惑ツアーの一部始終を告白した。

「すごいね、成長してたんだ」

あきれるかと思った上村は感心した。

「そう？」

「そうだよ。だって、葉山君、高校生の時なんて三年間ずっと浮いてても平気だったのに、四日間で浮いていることに気づくなんて」

「まあな」

「で、自分は見つかったの？」

そうだ。そういえば、俺は自分を探しに行ったんだった。

「自分なんかは見つからなかったけど、でも、いくつかわかったこともある」

「何？」

上村はナプキンで手を拭いて、俺の言葉に注目した。

「俺は胃腸が弱いってことと、食べ物は揚げると食べやすくなるってことと、それと、やっぱり、結婚前に旅行するなり同棲するなりしたほうがいいかな。突然の結婚生活とか新婚旅行って意外と困難だし。あと、奥さんたちはだんなに秘密を持ってる。へそくりに洗濯に。それと、俺は五十歳を超えても堂々と宣言して毛生え薬を探しに行ける豪快な男になりたい」

真剣に聞いていた上村は、最後には笑いだした。

「突然の結婚生活が厳しいっていうのは日本人の八八パーセントが知ってるし、毛生え薬くらいいつでも買いに行けばいいよ。っていうか、葉山君、はげる予定があるの？」

「うん。親父ははげてるよ。そうそう、お土産」

俺はずらっとお土産一式を並べた。象の形のチョコレートに、象の柄の袋に入った箸に、象の模様のスカーフみたいな布切れ。どれも土産屋で薦められて買わされたものばかり。胃腸だけでなく、俺は押しにも弱いのだ。上村はひとしきり眺めて、嬉しそうにありがとうと言うと、

「そうだ、私もお土産があるんだ」

と、小さな袋を差し出した。

「お土産って？」

「オーストラリアに行ってたんだ。葉山君が日本にいないし、つまらないから」

「そう、だったんだ」

「うん。四日間だけね」

オーストラリアに行ってただなんて唐突すぎるけど、上村ならありえる。

「自分探しに？」

「まさか。自分は探してないけど、鉱物は探したよ。それがそう。サファイアだって」

上村に促されて袋を開けると、中には小さな水色っぽい石が入っていた。

「一人で行ったの？」

「うん。一人だった」

上村がこともなげに言うのを、なんとなくそうだろうなと思った。上村は欲張り魅惑のツアーじゃなくて、一人でどこかに行けるやつだ。

「すごいんだな」

「何もすごくないよ。オーストラリアなんて日本人いっぱいいるし。それに、一人で動くほうが楽だってだけで。一人で陽気な名前のツアーにまぎれこむほうが勇気がいるよ」

「でも、何かすごい」

ツアーの楽さを知ってしまった俺がしきりに感心するのを、上村はくすくす笑った。

「まあ、一人で海外に来てる私ってすごいって自分に酔う瞬間は三回くらいあったけど。でも、コアラとか抱いている時に横に知ってる人がいたら、可愛いねとかずっしりしてるねとか言いたいって思ったし、黙々と宝石掘ってる時も、これ本当に出てくるのかなとか言いたかった。もっと単純に素敵とかきれいとかでかいとかそういうのだって、誰かに言いたかった。本当は私って、一人で見ず知らずの土地を楽しめるほど、深くもないし知的でもないんだ」

「それ、俺も思ってた」

俺は大いに同意した。

「しっくりくるくらい誰かと仲良くなって、一緒に何かができるようになれば、もっとずっといいってわかってるのに、それをやる根気がないんだ。しっくりさせるのに心を費やすくらいなら、一人で動いてしまう。面倒くさがりだから」

上村はそう言った。ああ、そうだ。少し前、俺たちは何だかケンカのようなことをしていた。俺は今更そんなことを思い出した。

「自分の内側を話すことで、相手を安心させられるっていうのはよくわかるし、ややこしいところを見せることで近づいていけるとも思う。でも、そういう深刻なところを見せた後、自分がどうしていいのか困るんだよね。なんちゃってって言えば、すべて帳消しになるっていうシステムがもっと普及すればいいのに」

「もしかして、今、打ち明け話してるの？」

俺が聞くと、上村は「まあね」と笑った。

「ケンタッキーでは筒抜けすぎない？」

みんなそれぞれの話に夢中になっているけど、ここはあまりにも開け広げられている。

「じゃあ、ちょっとだけ奮発してモスバーガーに行く？」

上村が提案した。

「それもいいけど、もっと奮発して、ケンタッキーとモスバーガーを買って帰ろう」

ケンタッキーで買ったものとモスバーガーで買ったものを並べると、テーブルはそれだけでいっぱいになった。

「葉山君家《ち》のテーブルが小さいだけに、豪華さが倍増」

と上村は喜んだ。

「こんなに食べられるかな」

「大丈夫だって。打ち明けてたら体力消耗するから」

上村は気楽に言うと、マヨネーズを抜いたモスバーガーを早速かじった。すぐに手がミートソースで汚くなる。

「モスバーガーの汚れる率はハンバーガー界でトップだな」

俺は上村にナプキンを渡した。

「葉山君食べるのきれいだもんね」

「そう？」

そんなこと指摘されたことなかったけど、モスバーガーを食べる俺の口の周りは上村の何倍もきれいだ。

「中学の時から、給食食べるの上手だった。私さ、中学生のころから葉山君のこと好きだったんだ。っていうより、中学校で葉山君もてててたんだよ。お兄さんのことがあるにしたって、何にでも必死でかっこよかったし。中学なんてスポーツができて積極的なら、簡単にもてるからね」

「そうだったんだ」

それは初耳だった。残念ながら、中学時代の俺は、そんなことまったく感じることができなかった。

「まあ、高校に入って、完全にもてなくなったけどね」

上村は笑った。

「学校で暗いやつは簡単に嫌われるからな」

「でも、私はしめしめって思った。ライバルがゼロになったから」

「暗くなったのに、上村は俺のこと、嫌いにならなかったの？」

「うん。一度好きになってしまったのもあるし、誰かのために必死になってるのも、誰かのために心をふさいでいるのも一緒に見えたし」

「そうなんだ」

上村が奇特なやつでよかった。

「私は目の前の状況にちゃんと対応してる葉山君が好きなんだ。お兄さんが病気だったら必死になったり、お兄さんが亡くなったら落ちこんだり、みんなにイエスだって言われたらあたふたしたり、落ち着いたら落ち着いたで自分とか探したりね」

「そりゃどうも」

俺も上村を好きな理由を挙げようとしたけど、うまく思いつかなかった。

「今って葉山君、暗くならなくなったの？」

「どうだろう。高校から大学に変わって、家を出て一人暮らしになって。そうやって環境が変わるたびに、少しずつ抜け出してるような感じはする」

「抜け出したい？」

「そりゃそうだな。いつまでも兄貴のことでふさいでてもだめだと思うし、それにそんなにきれいじゃないから……」

「きれいじゃない……？」

上村は首をかしげた。

「俺、兄貴のために必死だったって言ってるけど、でも、嫌な感情だってたくさん持ってた。兄貴が助かることを心から願ってたのはうそじゃないけど、しんどいなと思うことだってしょっちゅうあった。いつまでこういう日々が続くんだろうって、何度も思った」

俺は兄貴が大好きで、兄貴のことを慕っていて、きっと兄貴のために一生懸命だった。でも、それがすべてじゃない。両親の愛情のほとんどを受けていた兄貴をうらやましく思う気持ちがないわけがなかった。兄貴のためだけに動く生活にいらつくこともあった。どうせ死ぬんだろうとあきらめてしまう気持ちだって時々起こった。そして、そう思う自分に対する嫌悪感は底知れなかった。

「絶対に間違ってるとわかってるのに、兄貴は得だよなって思ってしまうことだってあった。兄貴のこと救いたくてしかたがなかった。だけど、一〇〇パーセント、兄貴のことをまっすぐに考えていたかと言ったら、うなずけない。どうして俺が苦しまないといけないんだと思ってしまう自分だっていた。最低だけど、兄貴が亡くなってようやく終わったんだとどこかでほっとする部分だってあった。それがすごくいやなんだ」

上村はちょっと考えこんだあと、「かわいそう」ってつぶやいて、俺の頭を抱きしめてくれた。俺は恥ずかしくなって、「いやいや、かわいそうってことはないけど」と頭をかいた。

「わかってるよ。かわいそうなんて言葉、ちっともぴったりこないし。でも、こういうことを聞いた時の反応って難しい。気の利いた言葉も思いつかないし、何言ったって的外れになってしまうしなあ」

「そうかもな」

「でも、身体って便利。抱きしめておけば、ちゃんと葉山君のこと思ってるってぐらいは伝えられるでしょう」

「まあ、そうかな」

俺はまた照れくさくなって、今度はコーラをせっせと飲んだ。

「私は親と会ったこともないんだ。母親が若い時に、結婚してた人との間にできたのが私なんだって。母親はこっそり産んで育てようとしたけど半年ともたなくて、自分の親に私を押し付けて家を出て行ったらしいよ。それがおじいちゃんとおばあちゃん。たったこれだけのことなのに、この事実を完全に知るのに十年以上かかった」

上村は簡潔に淡々と話した。

「えっと……」

「昼ドラみたいでしょ」

上村はどう言っていいのか迷っている俺に、えへへと笑った。

「そんなことない。うん。そんなことないよ」

「おばあちゃんとおじいちゃんは十分に育ててくれてるし、何も困ることはないんだけどね」

「でも、お父さんとかお母さんに、会いたくなったりしないの？」

「どうかな。父親は誰かわからないし、母親も会いたくないから家に戻ってこないんだろうし。どこかでもう別の家庭でも築いているんじゃないかな。父親にしても母親にしても、無責任な人に会ってもしかたないって今は思ってる」

上村の言うことはうそではないだろう。でも、そう結論を出すまでには、たくさんのものを越えてきたはずだ。

気の利いた言葉も出てこなければ、抱きしめるのにも躊躇《ちゅうちょ》して、俺はただコーラを飲むことしかできなかった。

「でも、その分自分が親になった時は絵に描いたような幸せな家庭を築きたいって思ってるんだ。ほら、家族を作るチャンスはだいたい二回あるでしょ？　自分が子どもの時と、自分が大人になった時。私、二回目のチャンスにかけてるんだ」

そう言って、上村は俺と同じようにコーラを飲んだ。

ケンタッキーを食べてモスバーガーを食べて、おなかがいっぱいになった俺たちは、だらだら寝転びながら思いつくままに打ち明け話を続けていた。

「兄貴のほうが優秀だったってのが、ネックなんだよな」

「逆だったとしても、俺のほうが優秀なのがネックだって言ってるよ」

「そうなのかな」

「私は時々自分が斜めになってないかなって心配になる。冷めてるっていうか、性格がゆがんでないかなって」

「なんとなくそれはわかるな」

「ねえ、あと、打ち明け話何個ある？」

あくびをしながら上村が聞いた。夕方だったのが夜になり、いつの間にか濃かった外の闇も、うっすらと明るんできそうだ。

「えっと、母親と進路のことで大喧嘩したことと、俺の誕生日が二年間忘れ去られてひそかに傷ついたこと。で終了かな。上村は？」

「うーん、一度、おばあちゃんを裏切って父親が誰か調べようとしたことと、高校二年の時山城君に告白されたことと、あ、鶏肉は嫌いだけどケンタッキーは食べられること、そんくらいかな」

「三つ目は俺知ってる」

「そうなんだ。打ち明け話って、結構長引くね」

上村が目をごしごしこすった。

「確かに。終わりなんてなさそうだし」

「ねえ、もう寝ない？」

「そうだな」

きっと上村となら、これから起こることも、まだ言ってないことも話せるくらいしっくりしていくはずだ。とりあえず俺は、道頓堀川みたいになろう。見たこともない川だけど、濁っていてもよどんでいてもかまわない。どんなややこしいことでも飲みこめる水をたたえられるようになりたい。

薄いカーテンの向こうには、明日が完全に来てしまいそうだ。俺は一瞬にして眠りこんだ上村を追いかけるように目をつむった。

僕が破れるいくつかのこと

1

「何か変な感じだった」

上村の家から出ると、思わずそうつぶやいていた。

「うーん、まあね。でも、ほら、こういうの葉山君慣れてるじゃない」

上村は慰めるようにちゃかしたけど、上村だって俺が受け入れられていないと感じたということだ。

「嫌われるのは慣れてるけどさ。そういうのとは違うというか……」

上村と付き合って二年と少し。「おばあちゃんの誕生日だから」と言われ、上村家で夕飯を食べた。そのたった二時間足らずの時間は、途方もなく長かった。もちろん、おじいさんもおばあさんも、「よく来てくれたね」とか「いつも小春がお世話になって」とか、ありきたりのことはにこやかに言ってくれたし、お土産に持って行ったケーキもおいしそうに食べてくれた。だけど、それだけだ。

「おじいちゃんもおばあちゃんも、気さくな人なんだけどね」

上村の言うとおり、おじいさんもおばあさんも上村に似た大らかさがにじみ出ていた。だからこそ、一定のところできちんと身を引かれるのが落ち着かなかった。

「俺とは親しくはならないって感じが漂ってた」

「初対面だから緊張してたんだよ。ほら、どこだって父親は娘の彼氏に厳しいっていうじゃん。おじいちゃんだって一緒なんだって」

「そうかな」

どちらかというと、ひっかかったのはおばあさんだ。「ああ、葉山君ね」そう言って、俺が誰で上村とどういう付き合いをしているのかを確認したと同時に、距離を取られた。

「葉山君、大学行ってからあんまり嫌われるチャンスがなくなって、調子狂っただけじゃない？」

「そう？」

「そうだよ。高校生の時はクラスの全員にひかれてても平気だったくせに。今日なんかたった二人、しかも年寄りだよ。どうだっていいじゃん」

昔の俺ってそんなにも人に避けられていたんだっけ。たかだか二人に受け入れられなかったぐらいでおろおろするなんて、小さくなってしまったのだろうか。

「まあ気にしないで。じゃあ、ここで」

大きな通りに出ると、上村は簡単に手を振った。

「ああ……」

「葉山君だって、明日は朝から授業があるでしょ」

上村は今年の四月に短期大学を卒業し、保育士として働いている。就職して上村は、前に増して現実的になった。社会人と大学生の違いはこうもでかいのかと、時々思い知らされる。

「うん、まあ、そうだけど」

「だったら、そんなしけた顔してないで」

「そうだな」

「また電話するから」

上村は俺が「おやすみ」と言うころには、もう背中を向けていた。春が終わりかけのぼんやりした夜空には、緩い月が浮かんでいる。俺は小さく深呼吸してから足を進めた。確かだったことは、「また来てね」とは誰も言わなかったことだ。

2

「あれ？　平日なのに」

閉店間際の書店に上村が現れた。

「あれ？　本って、土日しか売ってないんだっけ」

上村は驚く俺にふざけて言った。

「いや、珍しいな。一昨日《おととい》会ったところなのに」

社会人になってから、上村がバイト先に来ることはまずなかったし、一週間に一度日曜日に会えればいいところだった。

「しかも今日買うのは、東京ウォーカーだけじゃないんだよ」

上村は自慢げにいくつかの絵本をレジに出した。

「四冊も買ってくれるんだ」

「すごいでしょう？　保育所で使おうかなって。良い客だ」

「お得意様だな」

「えっと、もうすぐ終わるよね。ガストで待ってる。一緒にハンバーグ食べよう」

上村は本を入れた袋を受け取ると、そう言った。

「ココスのは本格的な味で、ガストのは家で作るような優しい味がする」

上村はハンバーグをゆっくりと口に入れた。

二人とも学生の時は、ケンタッキーやマクドナルドで食事をしていたけど、それがガストやココスになった。わずかなことだけど、少し大人になったような気がする。

「ハンバーグはいつでもどこでもおいしいけどな」

「葉山君は天才的に好き嫌いがないからね」

好き嫌いだらけの上村は、せっせとにんじんをよけた。

「それなのに、周りには驚異的に嫌われてたけどな」

いつもなら上村が付け加える情報を俺が自分で言うと、上村は少しだけ笑った。

「忙しいの？」

「どうなんだろう。まだ仕事に慣れてなくて何が忙しいかわかってないところが忙しいのかな。もう働きはじめて一ヶ月以上経つのにね」

「きっとそんなもんだよ。どうして、今日？」

「どうしてって？」

仕事の後で疲れているのか、上村の会話の勢いはいつもの半分以下だ。

「平日なのに来るなんて」

「火曜日だから東京ウォーカー買おうと思って。そしたらついでに絵本も買ってしまった。

ほら、本屋さんのああいう宣伝見ると買ってしまう」

「ポップ？」

「そうそう、それ。葉山君は書かないの？」

「俺、言葉や絵をかくポテンシャルが低いからなあ」

「何それ？　新しいシャンプー？」

　俺の言葉に上村は顔をしかめた。そうだった。この前は、シンパシーを口にして「それって、新しく発見された類人猿？」と煙《けむ》たがられた。書店でのバイトが長くなったせいか、最近バイトに入った文学青年の竹島に影響されてしまったのか、ごくたまにしゃれた言葉が口から出るようになって、そのたびに上村に露骨に嫌な顔をされた。

「わかってるくせに」

「まあ、シャンプーでもリンスでもいいんだけどね。そう、もう付き合うのやめよう」

「え？」

「うん。やっぱり、別れよう」

　上村ははっきりと言ったけど、話の流れからしても書店で会ってからハンバーグを食べるまでの流れからしても、意味がわからなかった。

「だから、別れようって」

上村はフォークを置いて、もう一度同じことを言った。

「どういうこと？」

「どういうことって、そういうこと」

「いやいやいや、全然わからなすぎる」

俺は頭を振った。告白してきた時も何の兆候もなかったけど、今回はそれ以上に唐突だ。

「わからないって、簡単だよ。五分後には恋人じゃないってこと」

「そうなる理由がわからない」

「理由なんて言いだしたらきりがないよ」

「そんなのでわかるわけがない。ちゃんと説明しろよ」

俺はすっかり混乱していた。

「うーん、そうだな。じゃあ、まず葉山君年下だし、わけのわからない言葉を使うし、ついでに文を書く能力は低いし、やっぱり学生だというのもひっかかるしな」

「年下って、俺たち同級生じゃん」

「学年だけね。でも、私四月生まれで葉山君八月生まれだから、四ヶ月も違うんだよ」

上村は「別れる」と口にしてから、いつもの調子を取り戻して次々と言葉を発した。

「好きな人ができたってこと？」

「それでもいいかな。とにかく、二年以上付き合ったからもういいでしょう」

上村は平然と言いはなった。

「もういいって、そういうもんじゃないだろう。納得できるわけがない」

「じゃあ、総合評価ってことで」

「何が総合評価だよ。意味がわからない。さっぱりわからない」

俺は頭を抱えた。何を聞いたらいいのか、どう言えばいいのか思いつかなかった。

「申し訳ないけど、もう決めてしまってるんだ。これ、相談じゃなくて報告だから」

「上村だけで決めることじゃないだろ」

「そう？　でも、片方が付き合う気がなかったら成り立たないでしょう」

「なんだよ、それ」

「突然で悪いとは思うけど、面倒だからごちゃごちゃ言わないで」

上村は勝手なことを堂々と告げた。

こんなことになるなんて、ついさっきまで想像もしなかった。あまりに驚きすぎて、泣きたいのか怒りたいのかもわからなかった。何をどう考えればいいのか見当もつかない。ただ、わかってることは、上村は決めたことは覆さないということだ。どう言ったってこの現状は変わらないのだ。

「しまった。最後まで食べきれなかった。話しはじめのタイミングを失敗した」

上村はそう言うと、ハンバーグもジュースも残したままでさっさと行ってしまった。

3

「失恋の痛みを消すにはどうすればいいのか。新しい恋だろう？」

塚原が俺の背中を押した。せっかくバイトが休みだというのに、無理やりみんなで飲みに行こうと連れ出されたのだ。

「別に痛んでなんかないよ」

「世の中ではこの状態を痛んでるって言うんだよ。イエス、ふられてから二週間以上、目が死にっぱなしだから」

「もともとの俺はこういう感じなんだ。途方にくれるのは、俺の趣味であり実益だから」

「どうでもいいけど、みんなすっかりひいてるぜ。あれじゃイエスじゃなくて悪魔だって言ってる」

「いいんだ。みんなに嫌われるのは慣れてる」

「そういうこと言わずに」

塚原に引っ張られて入ったこぎれいな居酒屋には、同じゼミの岡田と知らない女の子が三人いた。

「これは男女合同コンパというやつか」

楽しそうなみんなの顔を眺めると、俺は気が重くなった。

「まあまあ、とにかく今日はぱーっと楽しもう」

塚原は俺の肩を叩いた。

陽気に飲んで話すなんてできるだろうかと不安だったけど、全員が会話を広げようとするから、適当に相槌を打つだけでその場は流れた。もちろん、ただ時間が流れているだけで、おもしろくもなんともなかった。これなら、上村とハンバーグを食べてるほうがよっぽど楽しい。

みんなの話にうなずきながら、頭の中では上村のことばかり考えていた。塚原は「一生上村さんのことを思って落ちこんだまま生きていくわけにはいかない」と言っていたけど、上村が現れなかったら俺はふさぎこんで生きていくはずだったんだ。沈みこんでいた俺を引っ張り上げてくれたのは上村なのに、どうしてこうなってしまったのだろう。何がいけなかったのだろうか。思い当たる節なんて一つもなかった。大きなけんかをしたこともなかったし、それなりに上村のことを大事にしてきたつもりだ。上村のおばあさんには気に入ってもらえなかったけど、そんなの問題にもならない。

「じゃあ、みんな明日も学校あるし、この辺で」

ぼんやりしている間に時間が通り過ぎ、ちゃんと合コンは終了していた。

「葉山さん、大学一緒だし、また学校で見かけたら声かけていいですか？」

前の席に座っていた女の子が、店を出る間際に話しかけてきた。

「ああ、まあ。えっと……」

葉山さんと言われて、どぎまぎした。うなずいていただけで、ひそかにたそがれていた俺は誰の名前も覚えてなかった。

「鈴原えみり。大学二年で英文学科で登山のサークルに入ってます」

女の子は一度したであろう自己紹介をしてくれた。

「ああ、えっと、ごめんなさい。俺は葉山」

「私はちゃんと聞いてましたよ」

女の子はそう笑った。

4

「恋ってこんなに簡単に手に入るんだ」

俺は本気で驚いていた。

「だろ？　そもそもたそがれてなければ、たいていのものは手に入るんだって」

塚原は偉そうに言った。

塚原につれられて行った合コンで会った次の次の日、大学で鈴原さんが声をかけてくれた。俺が食堂に入ろうとするところを、後ろから走り寄ってきたのだ。

「同じ大学だからすぐ見つけられると思ったんだけど、学年も学部も違うから二日もかかっちゃった」

「俺を探してたの？」

「うん。空き時間も帰りも朝も、ずっと大学中うろうろしてきょろきょろしてた」

息を切らしながらそう言う鈴原さんはかわいかった。

どんより落ちこんでもう誰も好きにならないだろうと考えていた。上村みたいな女の子はいないから、恋なんかできないんだとちゃんと思ってた。それなのに、別れて一ヶ月も経たないうちに、鈴原さんをかわいいと思っていて、着実に好きになりそうだった。

「たった三週間しかたそがれなかったなあ」

「イエスって誰かとたそがれる時間を競ってるのか？」

「いや、そうじゃないけど、昔は何年でもたそがれてたのになあと思って」

兄貴を亡くした時は三年間、もっと本格的に途方にくれていた。それなのに、こんなにすぐ平気になるなんて上村に悪い気がした。

「たそがれたって百害あって一利なしだぜ」

「それはよくわかってる」

「お、ほら、もうすっかり彼女じゃん」

校門のベンチで鈴原さんは待ってくれていた。付き合おうって言ったわけじゃないけど、鈴原さんが俺を見つけてくれた日から一緒に帰ったり一緒に昼ご飯を食べるようになったりした。鈴原さんはいつも俺を見つけると、表情が一瞬でほころぶ。その顔を見るとやっぱり嬉しくなった。

「じゃあ、俺はここで」

バイク通学の塚原は、俺と鈴原さんに同じだけ手を振った。

「さて」

塚原を見送ると、俺と鈴原さんは顔を見合わせた。並んで歩きはじめる瞬間はいつも少しくすぐったい。

「鈴原さんは今日はバイトないんだっけ?」

「うん。私、水曜日と土曜日しかバイトしてないしね」

「そっか」

基本的なことはだいたい聞いてしまったし、何を話そう。どんなことを言おうかまだ探しながら会話をつないでいく感じ。でも、それも悪くなかった。

「鈴原さんって登山サークルだったよね」

「うん。ねえ」

鈴原さんが少し歩く速度を緩めて、俺の顔を見上げた。

「なに？」

「鈴原さんじゃなくって、そろそろえみりって呼んでくれたらいいのに」

「えみり？」

「なんか苗字ってよそよそしいでしょう？」

「そっか。そうだな」

「言ってみて」

鈴原さんにキラキラした目で言われて、「えみり」ってつぶやいてみたけど、恥ずかしさで倒れそうになった。

「変？」

鈴原さんは小首をかしげる。照れくさいだけで、変なことはない。いい響きのいい名前だ。

「いや、いい名前だと思う。えみり。うん、素敵な名前だ」

「よかった。じゃあ、私も葉山さんって言いにくいし、みんなと一緒でイエスって呼ぶのもなんかいやだから……、亮太って呼ぶ。いい？」

「もちろん」

それから駅までの道、ただ二人で名前を呼び合ってはくすくす笑った。

こんなに簡単に近づけるんだ。名前で呼び合うまで出会ってわずか一週間。そして駅までの十五分の道のりでその呼び方をマスターした。上村はきっと「高校生の時は誰一人葉山君の下の名前なんて知らなかったのにね」と感心してくれるだろう。こんなこともできなかったなんて、俺は今まで本当に人を避けてたんだ。

「えっと、ごめん。俺、バイト五時からなんだ」

のんびり歩きすぎたせいで、駅に着くと五時まで十分もなかった。春が終わってしまいそうな空は夕方なのにすっきりと明るくて、時間の感覚が鈍る。

「一緒にいられたの、一瞬だったな」

鈴原さんが本当にがっかりしたような顔をするから、さよならを言うのに心苦しくなってしまう。

「また明日も会えるし」

「そうだね。じゃあ、明日大学で。あ、でもバイト終わったら電話して。声だけでも聴きたいし」

「ああ、うん。そうする」

「うん、またね」

書店のあるショッピングセンターに入るまで何度か振り向いてみたけど、鈴原さんはずっと手を振ってくれていた。

同じ大学なんだから明日も会える。それなのに、別れるのになんて時間がかかるんだ。上村なら三秒後には跡形もなく消えていたし、俺もそれで平気だった。学校が違ったって、その気にさえなればいつだって会うことができると完全に信じていたのだ。

慌てて書店のロッカーで着替えていると電話が鳴った。鈴原さんだ。

「そうそう、さっき言い忘れてた」

「何？」

「好きって」

耳から伝わった言葉が体中に巡るころには、俺は舞い上がってすべてがうまくいきそうな気がしていた。

5

六月に入って雨の日が多くなると、えみりとは俺の部屋で過ごすことが多くなった。時間さえ合えばとにかく二人でいた。えみりと一緒にいるとうきうきしたし、えみりとくっついていればそれだけで幸せだと思えた。会えないと苦しくもなった。ちゃんとえみりを好きなんだと思う。だけど、それなのに、簡単に近づけた分もろいんだ。一緒にいる時間が増えれば、あちこちがほころんでいくんだ。そうでないとおかしい。なんてことをどこかで考えていた。


「すごい豪華」

テーブルにえみりがオムライスとポテトサラダを並べてくれた。えみりはちゃちゃっと料理をするのがうまくて、よく夕飯を作ってくれた。

「卵がとろとろでおいしい。えみりってなんでもできるんだな」

「どれも簡単なんだよ」

えみりは自分もオムライスを食べると、「うん、まあまあだな」とつぶやいた。

「えみりって器用だな」

「こんなの誰でもできるって。前の彼女は料理とかしなかったの？」

感心しながら食べる俺に、えみりが訊《き》いた。

「料理なあ……。俺たちってあんまりここで食事しなかったからな」

上村が俺の部屋に来ること自体あまりなかったし、ファストフードばかり食べてた気がする。

「あ、あった、あった。一度、ケンタッキー・フライドチキンを作ってくれた」

「ケンタッキー・フライドチキン？」

「そう」

上村はケンタッキー・フライドチキンを再現してみせると、ここで苦心していたことがあった。スパイスが決め手にちがいないとわけのわからないハーブをまぶして揚げてみたり、あの柔らかさは一度蒸しているのかもしれないと鶏肉を調理してから揚げてみたりしたけど、出来上がるのはただの唐揚げで一向にケンタッキー・フライドチキンにはならなかった。結局、二人で唐揚げを食べまくって、油でぎとぎとになった台所をマジックリンで何時間もかけて掃除した。

「そんなに好きなら、ケンタッキーでバイトすればいいじゃん」

俺はそうアドバイスをしたけど、上村は「毎日フライドチキンを見てたら、胸焼けするし飽きる」と、パン屋でバイトをしていた。

「最後までケンタッキー・フライドチキンにはならなくて、いろんな味や食感の唐揚げをひたすら食べまくったってだけだけどな」

「亮太ってなんでも食べるもんね」

「えみりも好き嫌いないじゃん」

「でも、私、家だと残しちゃうよ。しょうがとかねぎとか。家だとわがままだから」

えみりが言うのに、上村の家で食べた夕飯を思い出した。おばあさんの誕生日だからなのか、上村は文句も言わずににんじんもグリーンピースも食べていた。

「亮太は食べ物だけじゃなくて、なんでも好き嫌いがないからね」

「そう？」

「みんなにうっとうしがられてる人でも、嫌われてる教授とかでも、平気で話すじゃん」

「確かにそうだな」

考えてみれば、俺には嫌いな人は一人もいなかった。みんなにうっとうしいと言われているやつだって、最低だとか言われている教授だって、悪いやつに見えなかった。ひどい目に遭わされたわけでもないのに、文句を言うほうが不思議に思えた。

「でも、そういうの、不安だよ」

えみりがスプーンを置いて俺の顔を見た。

「どうして？」

「だって、なんでも好きってことは、私もみんなと一緒なのかなって心配になる」

「でも、ちゃんと特別に好きだよ」

「本当？」

「うん。本当」

「世界で一番？」

「世界……？」

俺は思わず首をひねった。世界ってことは、父親より母親より兄貴よりありとあらゆるものより好きかってことだ。どう答えるべきだろう。上村だったら「世界？　ってことは、アメリカもインドも入るんでしょう？　だったら難しいな。あ、でも、海外に知り合いなんていないから順位に変動はないか」きっとそう答えるはずだ。

「うん、世界で一番かな」

海外に友達などいない俺はそう言った。

「答えるまでだいぶ迷った」

「まじめに考えたんだ」

「考えることじゃないでしょ。私は宇宙で一番亮太のことが好きって断言できるのに」

世界の次は宇宙か。どんどん規模が大きくなるんだな。でも、金星にも土星にもたぶん人類はいなくて順位に変動はないはずだ。

「俺もだよ」

俺が即答すると、えみりはにこりと笑ってくれた。

上村に「知ってる？ 世の中の恋人たちって普通にすごい会話してるんだ。俺も歯の浮く台詞言ってしまった」と報告したくなった。きっと上村は「すごいね。葉山君がそんなこと話せるなんて」とほめてくれるだろう。「あんなにみんなに嫌われてたのに、宇宙で一番好かれるなんて驚異的な進歩だ」と感心してくれるだろう。そんなことを考えられてしまうなんて、もう上村とは完全に離れてしまっているのかもしれない。

6

「単純すぎて頭がおかしくなりそうだ」

ついに塚原が嘆いた。

ただひたすらペットボトルにおまけをくっつけるという作業を朝から繰りかえしていた。一週間前にポスティングのバイトで仲良くなった前田に、「楽だから」と紹介してもらったのがこのバイトだ。こつをつかめば作業は簡単だけど、ただ同じことを永遠に繰りかえすというのは、想像を絶するものがあった。

「イエスって恐ろしく働くなあ」

「まあな」

昨日は英会話教室のビラを配って、その前の日は朝から書店に入った。夏休みに入るや否や俺はバイトにいつもの五倍精を出していて、ごくたまに塚原も一緒に短期のバイトをした。

「そんなにバイト入れてどうすんの？」

「九月に入ったら、夏休みの最後にどこか行こうって」

俺は手を動かしながら答えた。気を抜くと、ベルトコンベアのペットボトルたちはすいすい行き過ぎてしまう。塚原が時々やり過ごすから俺は一・五倍おまけをつけなくてはいけなかった。

「えみりちゃんと？」

「そう」

「イエスたちって、思った以上にうまくいってるんだなあ。そういえば、上村さんに会ったって美香が言ってた」

「ああ……、そうなんだ」

上村とは二年以上一緒にいたから、共通の知り合いも何人かいる。不思議だけど、別れたってどこかでつながっているのだ。

「イエスが新しい彼女にぞっこんだって話したら、よかったよかったって本気で感心してたらしいよ」

「そうだろうなあ」

俺が誰かを好きでいることを、上村が喜ばしく思っている姿は容易に目に浮かんだ。

「お前らって変だよなあ」

「何が？」

「いや、なんていうかさ、どうして別れたんだろうって」

「さあなあ」

上村は総合評価だと言ってたけど、本当のところはなんなのかいまだに思いつかない。上村のことを思い出して胸が痛むことはなくなったけど、どうして別れることになったのかはやっぱり気になった。

「それより塚原こそ何でこんなにバイトしてるの？」

「俺だって旅行でもしようかなあって。そうだ、一緒にどこか行こうぜ」

「俺と？」

「そう。普通、旅行っていったら恋人だけじゃなくて親友とも行くもんなんだ。ほら、こないだバイトで一緒だった小杉も誘ってさ。あいつ楽しかったじゃん」

「ああ、そうだな」

「どこがいいかなあ。えみりちゃんとはどこに行くの？」

「まだ決めてないけど、二泊くらいで行けそうなところかな」

「よし。じゃあ、一泊でそれより遠いところに行こう。俺たちの行動力をしらしめないとな」

「はあ……すごいな」

　高校三年間、俺は旅行どころか誰かと出かけたことすらなかった。たそがれなくなると、友達の友達が友達になったり、一日一緒にバイトしただけで知り合いになったりする。その分ありがたいこともあるけど、その分あわただしくもなる。

「はあすごいなって、気乗りしない感じだな」

「いや、忙しいなと思っただけだ」

「そりゃ、俺だってのんびりしたいのはやまやまだけど、イエスの部屋にはいつもえみりちゃんがいるだろ。俺のレンジも掃除機も洗濯機もあるのに。だから旅に出るしかないじゃないか」

「そっか。申し訳ない」

ということは、もっと働かないといけない。ベルトコンベアに合わせる気がない塚原の分も、俺は手を動かした。

「おはよ」

目覚ましが鳴ってしばらくしてから、耳元でえみりの声が聞こえた。

「もう朝なんだ」

そう言いつつ、俺の目は開きそうにない。

「もう八時過ぎちゃったよ」

「ああ、起きなきゃな」

今日はポスティングのバイトだ。チラシを郵便受けに入れるだけだけど、体を動かすから飽きないし、短期バイトの中では一番気に入っていた。

「バイト休んじゃえばいいのに。今日は一日二人でだらだらしてようよ。ね？」

えみりが俺の肩に頭を乗せた。ものすごく惹かれる提案だけど、まさかバイトを休むわけにはいかない。

「そうできたらいいけど」

「じゃあ、あと三十分だけこうしてよ」

まだ完全に目覚めていない身体をくっつけあうのは心地がいい。夏でも朝はわずかに涼しくて、えみりとくっついている部分がほんのりぬくくなる。こういうのってわかりやすい幸せだと思う。

「こんなことしてたら、九時に間に合わなくなる」

そう言ってはみたけど、俺の身体は正しく動こうとしてくれなかった。

「ちょっとくらい遅れたって大丈夫でしょ」

「それはそうだけど」

「亮太まじめすぎるから。少しくらいの遅刻、問題ないって」

「そうだよな」

バイトは九時集合となってはいるけど、その日のうちにチラシを配りきればいいのだから時間どおりに集まるやつのほうが少なかった。

「うん。そうだ。三十分くらい、いいや」

俺は自分を正当化するように力強く言った。

「そうそう。恋って怖いものなしだしね」

「怖いものなし？」

「うん。恋さえしてれば常識だってルールだって破れちゃうってこと」

えみりがいたずらっぽく笑って、俺の頭にキスをした。

「なるほど。バイトに遅れたり、信号無視したりしているやつって、みんな恋をしてたんだ」

「そう。恋さえしてればなんでもできちゃう」

「恋ってすごい力があるんだなあ」

高校時代の俺は、途方にくれていたくせに無遅刻無欠席だった。ついでに信号無視も二人乗りもしたことがない。

「だってこうしていられるだけで何もいらないくらい幸せになれるんだもん」

「確かに」

えみりの言葉に俺はうなずいた。

明日だって明後日《あさって》だって同じようにくっついていられる。それなのに、今このふんわりした心地よさを断ち切ることができない。こうやって、俺の中から他のことがどんどん消えていくんだなあと思いかけたとたん、チーフの森本さんの顔が浮かんできた。

「ごめんね、葉山君。早くに来てもらって。みんなあんまり時間どおりに来なくってさ」バイトの初日、森本さんは十分前に集合した俺を気の毒がってくれた。きっと今日も森本さんは「誰もこんな早くには来ないいんだけどね」と言いつつ、ちゃんと待っている。それを思うと気がひけた。

どうして森本さんが今出てくるんだ。みんなを待ってチラシを渡すのが森本さんの仕事なんだから、気にすることはない。恋は怖いものなしだし、森本さんがえみりより大事なわけがない。だけど、一度現れた森本さんは、なかなか消えてくれなかった。

「やっぱり、行くわ」

俺は心地よさを吹っ切るために、勢いをつけて起き上がった。

「え？　本気で？」

「ごめん。俺、集合時間すら破れないつまらないやつなんだ」

俺はそう言いながらも、着替えを始めていた。

「いいよ。そういうところが亮太のいいところだと思う」

えみりはそう言うと、心をこめてキスをしてくれた。

7

お盆はすべてをバイトにつぎこんだから、兄貴に会いに行くのは八月の終わりになってしまった。日ごろから通っているから少々時期を外したって、兄貴は怒らないはずだ。心の中で言い訳をしながら墓地に入る。いつ来てもこの中は少し季節が違う。西日が射《さ》す夕方の道はじっとりと暑かったのに、ここは日が届き忘れたようにひんやりしている。受付で線香を買い、桶《おけ》に水を汲《く》んで兄貴のもとに近づいた俺の足は、ぴたりと止まってしまった。兄貴の前にいたのは、上村だった。

花を供えていた上村は俺に気づくと、俺と同じように驚いてから心底嫌そうな顔をした。

「どうしてわざわざ土曜日に来るの？　葉山君学生なんだから、いつでも空いてるでしょう。もっと人のいない時を狙って来たらいいのに」

「ああ……そうだな」

いきなり責められて、俺は間の抜けた返事しかできなかった。

付き合っているころ、俺たちはよくここに来た。「ほかに行くところもないし、お兄さんも喜ぶし一石二鳥だね」そんなことを言いながら夕方になると二人で通った。

「来てくれてたんだ」

「一ヶ月に一回来てるだけ。葉山君と別れたからって墓参りやめるのは、罰が当たりそうだからね」

「なるほどな」

いかにも上村らしい発想だ。

「花、供えちゃったけどのけようか？　葉山君持ってきてるでしょう？　私のは無縁仏にでもあげたらいいし」

「いや、いい」

「そう。じゃあね」

上村は取り替えた花をさっさと片付けると、桶と柄杓《ひしゃく》を手にした。

うっかり「ああ、じゃあな」と答えそうになって俺は首を振った。恋人じゃないにしても、せっかく会えたのにこんなにあっさりと別れてしまっていいわけがない。

「じゃあって、ちょっと待って」

「何？」

上村は怪訝な顔を向けた。

「何って、そうだな、えっと、最近どう？　元気？」

「まああね」

「そっか。じゃあ、仕事は？　順調？」

「普通だよ」

「それが何よりだな。そうだ、今年の夏はどうだった？　休みはあったんだろ？」

「お盆はね」

「まあそうだろうな」

呼び止めてはみたけど、どうでもいい言葉しか出てこないうえに上村に気がないから、会話は一向につながらない。

「それより早く水に活《い》けないと、しおれるよ」

上村は俺の花を指差した。

「ああ、わかってる。……えっと」

「まだ何かあるの？」

「まだって、そうだ。何か、食べに行かない？　ガストでも」

このままじゃいつもの調子で切り上げられてしまう。俺はすっかり焦っていた。

「いい。おなか減ってないし」

「じゃあ、ケンタッキーは？」

「いやだよ。っていうか、葉山君彼女できたんでしょう」

上村はあきれたようにため息をついた。

「そうだけど。でも、話すくらい、いいじゃん。うん、そうだ。お茶ぐらい飲もう」

「お茶でもケンタッキーでも二人でどこかに行くのがいやなの」

「どうして？　悪いことじゃないだろう」

上村がうんざりしているのも、煩わしいと思っているのもわかった。それでも、このままさよならというのは悲しすぎる。

「葉山君、想像してみてよ。もしさ、これが大河ドラマでやってたとするでしょう？」

「大河ドラマ？」

「そう。それで、主人公の男が昔の恋人にばったり会って、二人でのん気にケンタッキー・フライドチキンを食べてるのって、応援できる？　新しい彼女はかわいそうだし、男はいい加減すぎるし、レオナルド・ディカプリオが主役だったとしても、次の週から私は見なくなるよ。視聴率は大河史上最低になるな」

「さっぱりわからないいんだけど」

上村の説明どおりに情景を思い浮かべようとしたけど、何一つイメージできなかった。

「そう？」

「そうだよ。だいたい、大河ドラマで恋愛ものなんか取り上げないし、レオナルド・ディカプリオは出ないだろうし、そもそも時代設定がわからない」

「私はどう考えたっていやだってこと」

「だったら、せめてジュースだけでも飲もう。そこの自販のでも」

「葉山君、そんなに喉渇いてるの？」

上村は眉を寄せた。

そうだ。夏だし、突然上村に会ったし、必死になってるから喉はからからだ。俺はしっかりとうなずいた。

「じゃあ、これあげる。まだ口つけてないから」

上村はかばんの中からポカリスエットを出して俺に押しつけると、くるりと背を向けた。

手にしたポカリはぬるくなっていたけど、くっきりした青いラベルは相変わらずで、俺は一気に懐かしくなった。今まで上村にもらったポカリスエットは三十本を軽く超えている。付き合う前も付き合ってからも、上村はよくポカリをくれた。上村と一緒にいると、しょっちゅう喉が渇いたんだ。そんなことを思い出すと、少し笑えて、やっぱり切なくなった。こんなふうに前と同じポカリをくれるのに、本当に俺のことを総合評価で嫌いになってしまったのだろうか。いや、そんなわけがない。少し考えればすぐにわかることを、どうして俺は確かめなかったのだろう。

　桶も花もポカリも兄貴の前に置いたままで追いかけると、上村はもう墓地を出て通りを歩いていた。去っていくスピードはいつも速い。

「ちょっと待って」

「葉山君、面倒くさすぎるよ」

　上村はこれ以上ないぐらいうんざりした顔をしながらも、足を止めてくれた。

「わかってる。だけど、教えて」

「何を？」

「どうして別れることになったのかって。ずっと気になってたんだ」

「今更？」

「うん、今でもすっきりしない。もう別れられたんだから、本当のこと教えてくれたっていいだろう？」

「まあ……そうだね」

　上村はあきらめたように息をついてから、

「太陽みたいな人と付き合わないとって、おばあちゃんに言われたんだ」

と言った。

「どういうこと？」

「自分のこと棚に上げてだけど、家族で苦労してるのに同じような影を抱えてる人と一緒になるのは賛成できないってね」

「ああ」

たぶん俺はひどいことを言われている。それなのに、おばあさんの言うことはとてもよくわかった。

「葉山君だって同じだよ。わざわざ親がいない人と付き合わなくても、もっとすくすくした子と一緒にいてほしいって、お母さんもお父さんも思ってるはずだよ。親なんて少しでも条件がいいほうがいいって思うもんだからね」

親というのがそういうことを言いたがるものなのは知ってる。偏見だとか固定観念だとかわかってて、子どものことになるとそんな良識さっさと越えてしまう。それが親だったりする。

「だけどさ、でも、やっぱり違うじゃん」

「もちろんおばあちゃんは間違ってるって思うよ。だけど、おばあちゃんが私のために言ってくれてるのはわかるし、それなら気持ちに応えなくちゃって思ってしまう。自分でもいやになるくらいにね」

「それはそうだけど」

俺だって父親や母親の言うことは、できるだけ聞いておきたい。がっかりさせたくないし悲しませたくない。きっと俺たちは、順調な家族より親が注ぐ思いに敏感だし、裏切りたくない気持ちはわずかに強い。そうだとしてもだ。

「だけど、もう俺たち子どもじゃないんだからさ」

「大人になろうが、おばあちゃんの言うことは聞かなきゃ。それが私のすべてだよ。私にとってておばあちゃんの言葉は日本国憲法より重いんだ。二十歳過ぎても働きだしても、言うことを破れない。私、毎朝納豆食べてるし、寝る前に牛乳飲んでるんだよ。おばあちゃんの言いつけどおりにね。そうしてれば、長生きできるんだって」

上村はそう言って、今日初めて少し笑った。

「そうなんだ」

「うん。そうなの。これでいい？」

これでいいかどうかはわからない。でも、引っかかっていた疑問は解けた。不条理で理不尽だけど、すごくよくわかる答えだ。そう思った。

「じゃーん。どう？　すごいでしょ」

夕飯後、えみりが八月のバイト代をテーブルに並べた。

「おお、結構あるじゃん」

「五万六千円。実は私もがんばってたんだよ」

えみりが顔をほころばせる。まっすぐで健やかな笑顔だ。うちの親だって、えみりみたいな明るい子がいいと思うにちがいない。

「どうしたの？　あまりの額にびっくりしちゃってる？」

えみりが俺の目を覗きこんだ。

「いや、えみりのお母さんとかお父さんって俺のことどう思うかなって」

「何、突然？　まさかもう両親に挨拶に行くとかって考えてるの？」

「いや、ふと思っただけだけど」

「変なの。そんなの、お父さんもお母さんも気に入ってくれるに決まってるじゃない」

「そうかな」

「そうかなって、自信ないの？」

「そりゃ、だって、俺って暗いじゃん」

えみりは俺の言葉に目をぱちぱちさせた。

「あれ？　俺って暗くないのかな」

えみりは「どこが？」ところころ笑った。

「亮太は暗くないし、それに親なんて、子どもが幸せならなんでもいいって思ってるよ」

「そっか」

「そんなことよりさ。旅行、どこ行くか考えよ」

えみりは「よいしょ」と俺の足の間に割りこんで座った。

「亮太はどこに行きたい？」

「どこがいいかなあ」

「前の彼女とはどこに行った？」

「え？」

「上村さんと行った一番遠いところってどこ？」

「そうだなあ。俺たちが行ったところって、遠くても大阪ぐらいだよ」

「ふうん」

「しかも日帰りだし」

「そっか。じゃあ、誰かと泊まりで旅行するのって、初めて？」

「たぶんそうかな」

「やったね」

えみりが嬉しそうに言うのに、後ろめたい心地がした。そして、そんな心地がしてしまうことに戸惑った。今日上村に突然会ったから落ち着かないだけだ。俺だって旅行するのが楽しみだった。別れた理由がわかったからって、えみりに対する気持ちが変わるわけがない。おかしな心地が広がろうとするのを振りきるように、俺は旅先を挙げた。

「九州とかどう？」

「うん。素敵」

「でも、せっかくだから海外もいいよな。韓国ぐらい行けるだろうし」

「それもいいねえ」

えみりは俺が候補を挙げるたびに、目を輝かせた。

「暑いから涼しいほうがいいか。北海道とか。それより、海で遊べるほうがいいかな。だったら沖縄？」

頭の中にほかの考えが入ってくる隙間ができないように、俺は次々と提案した。

「どれもこれもいいなあ」

「あ、そうだ。タイは？　前行ったけど、いいところだった」

「うん。楽しそう」

「えみりはどう？　どこに行きたい？」

「うーん。そうだな。私は亮太と一緒ならどこだっていいや。北海道だってタイだってその公園だって、亮太がいればそれで十分」

　昨日まで嬉しくてたまらなかったはずのえみりの言葉に、心はずしんと重くなった。

8

「あれ、今日も入ってたんだ」

　遅番で竹島がやってきた。最近バイトのシフトがよく一緒になる。

「まあな」

「もう旅行資金も貯まったんじゃないの？」

「そうだけど、八月いっぱいはしっかり働いておこうかなって」

　薄暗い気持ちはすぐに晴れて元どおりになると思っていたのに、そうはいかなかった。何もやましいことはないはずなのに、えみりといるとなぜか気持ちが重くなって、バイトに行く時間が増えた。

「さっさと旅行しちゃえばいいのに」

「まあな」

「それにしても葉山君、よくそんなにバイトするモチベーションが続くな。感心するよ」

竹島の言葉に俺はうっかり噴き出した。

「何？」

「いや、モチベーションっておもしろいなって。あ、でも、賢そうだよ」

「新しい食べ物みたいなんだろ？」

竹島が嫌味っぽく言った。

「そんなことない。うん、素敵な言葉だ」

「まあいいや。アイデンティティだとか口にしながら、少年ジャンプを売るってのが僕のスタンスだからね」

アイデンティティにジャンプにスタンスに。上村が聞いたら卒倒するだろうなと一瞬愉快になったけど、すいすい上村のことを思い浮かべてしまう自分にがくりとした。

「気乗りしないなら、行かなくていいんじゃない？」

竹島は返品する本を手早く段ボールに詰めながら言った。賢そうな言葉を使いながら、重いものもたやすく運んでしまうのが竹島のいいところだ。

「どこに？」

「どこにって、旅行」

「旅行？」

俺は首をかしげた。

「葉山君、旅行が近づいてから落ち着かない感じだからさ。こういうのって遠い計画の時はそうでもないのに、現実味帯びてくると気が重くなったりするんだよな」

「なるほど確かに……。って、竹島ってすごいな」

「すごい？」

「そう、すごい。ただバイトで会うだけなのに、俺のことよくわかるんだな」

俺が素直に感心するのを、竹島は「葉山君って、堂々と失礼なこと言うんだな」とため息をついた。

「あれ、ほめたんだけど？」

「あのさ。葉山君とは確かにバイトが一緒なだけだけど、これだけ話してるってことは、いちいち確認しなくたって、なんていうか友達みたいなもんだろ」

「ああ、そうなんだ」

「ああ、そうなんだって。まさか今知ったの？」

竹島はやれやれと肩をすくめた。

「いや、友達だ友達。そうだな。五月くらいから知り合いで、七月くらいから友達だ」

「いちいちそういうことって確認しないんだって」

竹島は完全にあきれかえった。

高校生だったころ、同じようにしょっちゅう上村に指摘されてはあきれられた。ずっとそがれていた俺は、人付き合いに対する勘が鈍っていて、むやみに他人を遠ざけたりうっかり他人に踏みこんだりしては周りをたじろがせた。だけど、そのたびに上村が手を差しのべてくれた。高校生活最後のわずかな日々がそれなりに楽しいと言えるものになったのは、上村が近くにいてくれたからだ。

また上村のことが頭に出てくる。こんなに考えてしまうのは、いまだに上村が好きだからだろうか。いや、そんなはずない。ついこないだまで、何のためらいもなくえみりを好きだったんだ。一瞬上村に会ったぐらいで、心が揺らいでしまうわけがない。俺が好きなのはえみりだ。そうやって必死で思いこもうとしている自分に気づいて、ますます頭はこんがらがった。俺はいったい誰が好きなのだろう。

かわいいのはえみりだ。上村の一・五倍にこにこしているし、目も一・五倍くりくりしている。ついでに胸だってえみりのほうが一・五倍大きい。だけど、合計して四・五倍えみりが好きなのかというと違う。平均で出して一・五倍ともいかない。大事なのは中身だとする。たぶんえみりのほうが優しい。それに、えみりは明るくて朗らかで、きっと太陽みたいだ。

でも、ふさいでいた俺に、太陽があるってことを教えてくれたのも、光が見える場所に連れ出してくれたのも、上村だ。

「俺って、本当は迷ってるふりをしてるだけなのかな」

「まあそうだろうな。本気で悩むシリアスな出来事なんて人生には二回しか起こらないからな」

俺より年下の竹島は、はっきりと言った。

自分の軽薄さにいやになるけど、どちらを好きかはわからない。けれど、明白なことがある。俺は上村のことなら、手に取るようにわかった。上村が何を考えてどう行動するのかだいたい想像できた。

上村はこれから先、そうそう誰かを好きにならないだろう。上村は誰にでも気安いけど、全然開いてないから。親なんて子どもが幸せならそれでいいという方式すら知らないくらいに、ほどけていない。上村がグリーンピースもにんじんもよけられるのは、きっと俺の前だけだ。

こんなの恋愛感情じゃないのかもしれない。上村に恩を感じているだけかもしれないし、同情かもしれない。だけど、勝手にわいてくる気持ちが、何に当てはまるのかなんてわからない。ただ上村のことを思ってる。それだけだ。

「自分のいい加減さに目を向けたくなくて、考えこんでただけで、答えはもっと前に出てたんだよな」

俺がつぶやくと、竹島は、「ただの旅行でずいぶん大げさだな」と笑った。

「旅行？」

「どこ行くか迷ってるふりしてるんじゃないの？」

「いや、まあ、そっか。そうだな」

友達のお陰でちょっと愉快になって、ほんの少しだけ気持ちは軽くなった。

9

「どうして俺に報告するの？」

えみりと別れることをアパートまで告げに行くと、塚原は怪訝な顔をした。

「普通そうするものなのかなって」

「別に見合いしたわけでもないんだから、普通、そんなこと手土産持って言いにこないだろう」

「そうなのか」

「まあいいや。飲んだら？」

塚原は俺が買ってきた団子をテーブルに広げると、何日前のか濁った麦茶を淹《い》れてくれた。

「恋愛なんてだいたいごてごてになるもんだけど、えみりちゃんショックだろうなあ」

塚原はしんみりと団子をほおばった。

「やっぱりそうかな」

「当たり前だろう。うまくいってたんだからさ。傷つくに決まってる」

「そうだよな」

塚原に断言されて、体が重くなった。

「いじいじしてもしかたがないけどな。で、上村さんと？」

「わからない。でも、上村に気持ちは話したいと思う」

「そっか。まあ、結局はイエスが思うようにしかならないんだからなあ」

「なんか申し訳ないけど」

「いや、謝ることじゃない」

塚原は「残念だ」とか「最初からこうなるはずだったんだよな」とかぶつぶつ言いつつも、団子を口に入れた。

「塚原って親父みたいだな」

「なんだそれ」

「俺の父親ってこんな感じなんだ」

ささいなことでも父親に報告する時、俺はどきどきした。兄貴の分も納得してもらえるような生き方ができているだろうか。それを思うと不安だった。だけど、父親は「お前の思うようにすればいいんだから」といつだって静かにうなずいてくれた。

「イエスの親父って団子が好きなのか」

「ああ、まあ、そうだな」

友達がいてよかった。時々そう思う。

「延ばせば延ばすほどしんどくなるから、速攻勝負だ」という塚原のアドバイスどおりに動こうとはしたけど、えみりを前にするとそうはいかなかった。何度も「えっと」とはずみをつけては、言葉を飲みこんだ。切り出すタイミングも勇気も見当たらなかった。世の中の人は、どうやってこんな困難なことをやり遂げているのだろう。

「そろそろどこに行くか決めなきゃ。ホテルだって申しこまないといけないし」

夕飯を片付け終えると、えみりが何冊かの旅行情報誌を机に並べた。そのカラフルな表紙を見ると、息が詰まった。行先なんて決まってしまったら、取りかえせない。少しでも時間が経てば、必ず今より状況は重くなる。

「ごめん。どこにも行けないんだ」

覚悟を決めて発したはずなのに、俺の声は弱々しく響いた。

「え？」

「旅行は行かない」

「どうして？」

えみりが不安げに俺を見た。

「いや、なんていうか、本当に申し訳ないと思うんだけど、そう、ごめん、別れたいって思ってる」

引きかえしたくなるのを振りきりながら、俺はとぎれとぎれに言葉を並べた。

「どういうこと？」

「その、ごめん。もう付き合えない」

「本気で言ってるの？」

えみりは静かに言った。

「ごめん。本気なんだ」

「どういうことか、わからないよ」

「そうだよな。ごめん。うまく説明できないんだけど、あの、えっと、こないだ偶然上村に会ったんだ。そしたら、気になってしかたがなくなって。えみりのことをちゃんと好きだと思ってたはずなのに、だめなんだ。えみりはすごくいい子なのに、ひどいと思うし最低だと思うけど、上村のことを考えてる」

できるだけ正直に話したつもりだけど、だからと言って何かが軽減されるわけはなかった。えみりの目にはみるみる涙がたまって、勢いよく落ちた。

「納得できないよ」

「でも、こんなので旅行には行けないし、一緒にいるのだってだめだと思うし」

「よくそんな冷たいこと言えるね」

「ごめんなさい」

なんてことをしてしまっているのだ。えみりが声を詰まらせながら訴えるのに、苦しくなった。俺は暗くてみんなに嫌われていたけど、もう少しちゃんとしたやつだった。少なくとも、わざわざ誰かを傷つけることを選んだりはしてこなかった。

「私は亮太のこと好きなのに」

「わかってる。ごめんなさい」

「もうどうしようもないの？」

「本当にごめん」

「こんなのひどすぎるよ」

えみりは涙がこぼれる切れ間に、同じような言葉を何度も口にした。俺はそのたびに謝ってはおろおろした。どうしたら泣きやんでくれるのかわからなかったし、謝る以外にすべきことが一つも思いつかなかった。

「知ってた？」

涙がひきかけてえみりは顔を上げた。

「何を？」

「亮太、いつも上村さんのこと話す時、俺たちはって言ってたの」

「俺たち？」

「そう。亮太の俺たちって私と亮太じゃなくって、上村さんと亮太なんだよ」

えみりはそう言うと、また思い出したように涙をこぼした。

ひどい言葉だ。アイデンティティよりもポテンシャルよりも心ない言葉だ。知らない間にそんな言葉を平気で口にしてたんだ。俺は自分で想像しているより、だめなやつなのかもしれない。

だんだんえみりは泣くことに疲れてきて、目も鼻も真っ赤にしたまま何も言わずぼんやりと座りこんでいた。そんなふうに途方にくれたりしないで。そう言いたかったけど、やっぱり言えなくて、俺もただじっと窓の外を眺めていた。

10

えみりがいなくなって、いろんなものが抜け落ちてしまった。自分で決めて動いたのだから、少しはすっきりするものだと思ったら大間違いで、ただ重かった。えみりと一緒にいる心地よさが無性に恋しくなったり、えみりの泣いていた姿を思い出してはずるずると胸が苦しくなったりした。

「大学始まったの知ってる?」

テレビをつけたまま横になっていたら、塚原が部屋に入ってきた。そういえば、鍵もかけてなかった。

「ああ。もう九月なんだもんな」

俺はゆっくりと体を起こした。

「九月だもんなって、もうどっぷりすっかり九月だ」

「そういや、朝晩涼しくなったと思った」

「なんだそれ。じいちゃんみたいだな」

塚原はそう笑うと、床に転がっていたものを大ざっぱに隅に寄せて腰を下ろした。

「みんな驚いてたよ。ひそかにイエス無遅刻無欠席だったから」

「そっか。大学休んでるんだよなあ」

「そうだ。休んでるんだよ。しっかりとな」

病気でもないのに学校を休んでる。集合時間さえ破れなかった俺が。きっとちゃんとえみりを好きだったんだ。

「おにぎりに唐揚げにお菓子にパン。食べようぜ。どうせイエス、まともに食べてないだろ？」

塚原はコンビニの袋から大量の食べ物を取り出した。

「そういえばおなかすいてる」

ここ何日かは、家の中に残っていたものを口にしていただけだった。

「だろ？　さあ、どんどん食え」

「ああ、ありがとう」

俺は早速おにぎりをほおばった。

「で、上村さんは何て？」

俺と同じようにおにぎりで口をいっぱいにした塚原が言った。

「え?」

「上村さんに話しに行くって言ってたじゃん」

「ああ、そうだった」

「やっぱりまだ行ってなかったんだ」

「うん。まあ」

「さっさとしろよな。のん気にしてると、またごてごてになるだろう。こういうのって、思い立ったら吉日なんだぜ」

「わかってる」

「わかってるって、どうせまただらだらするんだろ。いつ行く? 今日? 明日?」

「大変だな」

せかす塚原に、思わず笑ってしまった。

「何が大変なんだ?」

「いや、塚原がいると、別れることは言わなきゃいけないし、次に打ち明ける時もやいやい言われるし。なんだか騒がしいなあって。あ、でも、素晴らしいって思ってるんだよ。うん。塚原がいてよかった」

「それって、食い物が手に入るからだろ」

「それもあるけど、塚原がいるといろんなことが勢いづくからさ」

「なんだそれ」

「気の重いことも少しだけ軽くなるし、ぐずぐずしてしまうことも踏みきれる。今だってやる気になったよ。塚原がいると、一・五倍俺は勢いづく」

「イエスって、幸せなやつだなあ」

塚原は二つ目のおにぎりをほおばりながら、しみじみと言った。


完全に九月の空は、七時を前に太陽の光が残らない濃い色になっていた。

俺は上村の家の前で上村の帰りを待った。今日は金曜日だから八時ぐらいになるはずだ。上村は俺を見つけたら、心底いやそうにするだろうな。そんなことを思いながらも、不思議なことに不安はなかった。知らない間に秋になってしまうんだなとのん気に空を見上げていた。まだ風はこんなにぬるいのにと思っていると、上村の姿が見えた。

「何？　なんなの？」

俺を見つけると、あまりに驚いたのか上村は嫌な顔をする代わりに、高い声を上げた。

「久しぶり」

「久しぶりって、ここで何してるの?」

「待ってたんだ」

「待ってたって……?」

「俺、わかったことがあるんだ」

「いきなり何?」

上村は戸惑ったまま声を落とした。

「俺、上村のことすごくわかってるんだ」

「はあ……」

「上村の考えてることは、だいたい想像がつく」

「突然何を言うのかと思ったら、葉山君、自信が人の五倍過剰だよ」

「俺が自信あるのは、上村のことをわかってるってことだけだよ」

「そんな自慢をわざわざ披露しにきたの? 私、もう帰るけど」

上村がいつものペースを取り戻して、さっさと切り上げようとした。うっかりしていると、またこのまま片付けられてしまう。俺は率直に言葉にした。

「俺、上村のことが好きなんだ。もしも上村が好きだって言ってくれたら、どんなルールでも破れると思う」

「何それ？」

「だから、上村のためなら、頭の固いおばあさんも説得するし、かわいい女の子を傷つけることもできてしまう。たぶん日本国憲法ぐらいなら無視できると思う」

「あっそう」

「あっそうって、上村はどう？」

「どうって？」

「だから、周りのことはおいといて、俺のこと好きでいてくれる？」

「そんなの、葉山君は嫌われるの慣れてるから、周りなんてどうだっていいだろうけど、私はいやだよ。周りを切り離せない」

「俺、嫌われるのが平気なわけじゃないよ」

　昔の俺は、ひたすら自分の中にこもっていた。だから、嫌われてることにすら気づいてなかった。だけど、嫌われるのは悲しい。周りを切り離せるのは強さなんかじゃないし、友達も家族も関係ないとは言いきれない。今の俺はそれを知ってる。

「そんなこと知ってるよ」

「そっか。そうだよな」

　俺がわかってるくらいに、上村も俺のことをわかってるのだ。だったら、やっぱりなんとかしたい。俺は軽く息を吐いて自分を勢いづけた。

「どんなことだって面倒だしややこしいんだって。本気でやれば、厄介なことなんかつきものだ。真剣にケンタッキー・フライドチキンが好きな人は、パン屋じゃなくてちゃんとケンタッキーでバイトするんだよ。胃が悪くなるのも飽きるのも気にならないんだ」

「今度は何の話してるの？」

上村はいっそう眉をひそめた。

「もう少し努力してほしいってこと」

「努力？」

「そう。上村はいつも少しひっかかっただけで、面倒くさくなって切り捨ててしまう。ケンタッキーも俺も。でも、たまにはがんばってよ」

「勝手に私のこと分析しないでよ」

「俺、上村のことわかってるんだ」

俺がそう言うのを、「まあ、当たってるけど」と上村は少し笑った。

「昔、米袋で跳んだだろ？　あれだって大変だったけどやったじゃん」

あの時だって米袋は全然進まなかった。息もリズムも合わなかった。だけど、俺たちは体育祭で一位になった。

「あんなに簡単にはいかないよ。二人だけで跳んでるわけじゃないから」

「わかってる。でも、きっと同じだよ。同じようにできる」

「そうかな」

「うん」

米袋に入った時より、俺の見えてるものは少し広い。それに、米袋で跳んだ時より、上村のことをわかっている。上村さえ心を決めてくれたら、できるはずだ。

「大丈夫。ほら」

俺は紙袋を掲げて見せた。デパートまで行って買った高級和菓子がいくつも入っている。

「何それ？」

「羊羹《ようかん》に最中《もなか》に饅頭《まんじゅう》」

「羊羹で何する気？」

「これでまずはおばあさんを陥れるんだ。用意周到だろ」

俺は自信満々に言った。

「うちのおばあちゃん、あんこ嫌いだけど」

「おばあちゃんなのに？」

「おばあちゃんだけど和菓子は食べないよ」

されてしまった。


「うそだろう」

俺は一気に力が抜けた。お年寄りは和菓子が好きだという俺の中の法則は、あっけなく覆されてしまった。

「まあいいや。食べよう」

がくりとしている俺に上村が言った。

「え?」

「せっかくだし食べようよ」

「今、ここで?」

「そう」

上村は植込みの縁に腰かけた。

「これ、相当たくさんあるんだけど」

勢いで買ったから、和菓子はおびただしい量がある。

「いいじゃない。二人で食べれば」

「こんなに甘い物ばかり食えないよ。絶対糖尿になる」

「ついでに肥満にも虫歯にもなるしね。でもいいじゃん」

「よくないだろ」

「葉山君、日本国憲法は破れるのに、饅頭は食べられないの？」

「そういうわけじゃないけど」

「私はできるよ。饅頭も羊羹も最中も食べられる。葉山君も心を決めてよ」

そう問い詰められて、俺もしぶしぶ上村の横に腰かけた。

「だめだ。もう胃が気持ち悪い」

暗い中、飲み物もなしに和菓子を食べるのは、恐ろしい試練だった。

「でも、まだ和菓子でよかったじゃない。これ全部揚げ物だったら、食べきるの不可能だもん」

「甘い物ばかりもしんどいけどな。あーあー、人生って厳しいんだな」

「大げさだね。そんなのんびり食べてたら夜が明けてしまうよ」

上村は、饅頭を口に押しこみながら嘆く俺を笑った。

「そうだな」

俺は饅頭を飲みこむと、気合を入れて羊羹に手を伸ばした。

乗り越えるべきことってこんなことだろうか。それはよくわからない。だけど、まずは食べなくては。ぼんやりした星が浮かぶ下、俺たちはひたすら羊羹をほおばった。

僕らのごはんは明日で待ってる

1

「えー。どうして火曜日なのに牛乳買ったの？」

「あれ？　違ったっけ？」

「牛乳は木曜日だよ」

小春は俺が買ったものを、冷蔵庫に片付けながら言った。

「そっか。そうだった」

イオンで買い物をするのは二十日と三十日、一がつく日はダイエー。洗剤はニュービーズがよくて底値は百九十八円。小春と結婚してから、買い物についてあれこれ教えこまれた。

「木曜日になれば、百四十八円になるのに」

「たかだか五十円じゃん」

「五十円だよ五十円。しぼりたて高級牛乳とか北海道直送濃厚牛乳とかならまだしも、まったく同じものが曜日を変えるだけで五十円も違うっておかしすぎるでしょ」

「はいはい」

俺は二人分のご飯をよそって食卓についた。

「この五十円があとあと効いてくるんだって。ゆり子が大学に行くころに、あの時牛乳を徹底して木曜日に買っておけばよかったね、なんて言う日がやってくるんだから」

「ゆり子って誰だったっけ？」

「三番目だよ」

「そっか。夏生、育生、ゆり子だった」

「そのとおり」

お茶を淹れると小春も席についた。

鱈《たら》のホイル焼きと三日連続の大根の煮物。小春は料理が上手じゃないし、働いているから簡単なメニューが多い。それでも、こういうのが我が家のごはんなんだって、口にするとほっとするようになってきた。

俺が大学を出て二年も経たないうちに、俺たちは結婚した。まだ若いし早すぎる。そう言う人もいたけど、そのころには時間を合わせて会うのもどこかで食事をするのも、意味がない気がしていた。どうせ一緒に暮らすのに、年をとるのを待ってもしかたがない。実際に結婚してみて、二人で生活をするのは恋人でいるよりずっとしっくりきた。

「ゆり子は二人も優しいお兄ちゃんがいる上に、末っ子だからついつい甘やかされるのが心配なんだよね。イエス、気をつけてよ」

ゆり子どころか、我が家にはまだ長男の夏生もいない。だけど、三人の子どもたちはよく夕飯の話題となった。

「女の子って絶対的にかわいいもんなあ。それより子どもが生まれたら、俺のことイエスって呼ぶのやめてよ」

結婚と同時に、俺は上村のことを小春と呼ぶようになったけど、小春は大学時代のあだ名で俺のことを呼んだ。

「どうして？」

小春は目を丸くした。

「どうしてって、夏生が学校で僕のお父さんはイエスですって言ってる姿を想像してみろよ。クラス中騒然となるに決まってる。次の日からからかわれまくるな」

「大丈夫だよ。夏生はたくましいから。子どもたちにあなたのお父さんはイエスって呼ばれてたんだよって自慢したいんだよね。イエスよイエス。素晴らしい人にちがいないあだ名でしょ？」

「時々法外な値段で牛乳を買うけどな」

俺が言うと、小春はくすりと笑った。

「でも、私が車乗らないから重いものは買ってきてくれるんでしょ？」

「まあ、そうだけど」

俺はちょっと照れくさくなって、大根を口いっぱいにほおばった。三日も煮こまれた大根はくたくたになって、口の中でとろりととろけた。

こんなふうに自分たちで未来を思い描いて、それに自分たちで近づくことができる。そしてすぐそばにその未来が待っている。全部が全部思いどおりにはいかないだろうけど、それでも少しずつ形づくっていける。こういうのを幸せっていうんだ。そう思っていた。

2

「今日見に行こうよ」

「なんだっけ？」

「電子レンジ」

土曜の朝、洗面所で歯を磨いている小春に声をかけた。

俺が一人暮らしの時に使っていたレンジが去年壊れて、それきりになっていた。電子レンジがないのは、冬には不便だ。

「今日ちょっと用事あるんだよね」

小春はタオルで口をふきながら言った。

「用事？」

「そう」

「用事って何？」

「病院でも行こうかなって」

「風邪でもひいたの？」

暖冬と言いながら、ここ何日かはしっかりと寒い。

「うーん、まあ」

「まあって何だよ」

「それがさ、先週かなあ。貧血っぽくて病院に行ったら、ついでにいろいろ調べることになって。今日はその結果を聞きに行くんだ」

小春はすごく簡単に説明したけど、俺は初めて聞く情報におろおろした。

「ちょっと待てよ。いつ、どうなって、どうしたの？」

「全然たいしたことないんだよ。ほら、病院ってなんでも大げさにするから。ささっと行ってくる」

小春は用意をしながら言った。

「じゃあ、俺も一緒に行く」

「いいよ。どうせ、調べてみたら何もなかったって言われるだけだろうし。そうだ。病院の後、レンジ買いに行こう。電器屋で待ち合わせしようよ」

小春は勝手に計画を立てた。いつもだいたいのことを小春は一人で決めてしまう。

「とにかく俺も行くから」

俺は小春におくれを取らないように、急いで身支度をした。

「本当にいいんだって。ただ、結果聞くだけだもん。三分で終わるよ」

「三分で終わればそれでいいじゃん。車出すしさ」

俺は財布やら鍵やらをかばんに突っこんだ。

「でも、大きい病院だよ」

「検査したってことはそうだろうけど」

「診療所や内科じゃなくて、駅の裏の総合病院だよ」

総合病院だろうが大きい病院だろうが関係ないのにと、しぶる小春に強引についていった俺は、病院に足を踏み入れたとたん、身体が硬くなった。この空気を忘れていた。

まだ幼い子どもが点滴をぶら下げて歩き、車いすの人が通る。面会の人が和やかに行きかう横で、ただならぬ雰囲気でベッドごと患者が運ばれる。照明で床がぴかぴかして、必要以上に清潔な匂いがする。そうだ。これが病院だ。総合病院には診療所や歯医者とは決定的に違うものがある。こんなに強烈なものを忘れていたなんて。

「大丈夫？」

小春が俺の顔を覗きこんだ。

「ああ、もちろん」

たじろいでいる場合じゃない。あのころの感覚がよみがえりそうになるのを振りきろうと、俺は軽く頭を振った。

二度目で慣れているのか、小春は受付を済ませると、迷路のような病院を番号を確かめながら進んでいった。

「産婦人科なんだ」

「そう。実は私、婦人だからね」

小春はソファにどかっと座った。ピンクのソファにクリーム色の壁。ほかの診療科よりは柔らかい雰囲気に作られている。

「どうして？　もしかして？」

俺も横に腰かけた。

「残念ながら、もしかしないんだ」

「じゃあ、どんな具合なの？　小春がわかってるだけ俺にも教えてよ」

「そんな焦らなくても、もうすぐお医者さんが説明してくれるよ」

「それまでに少しでも聞いておきたいんだ」

「後でわかるのに？　二度手間だ」

「いいから。今すぐ聞きたいんだって」

俺が食い下がると、小春は面倒な顔をしながらも説明を始めた。

「うーん、そうだなあ。血液検査をして、なんか、注射打って機械に入るっていうハイテクな検査もしたかな。あ、ごめん、検査に一万円以上かかっちゃった」

「そんなことどうでもいいよ。それで？」

「それでって？」

「だから、どうしてそんな検査したの？　何のための検査なの？　何の可能性があるの？」

俺が矢継ぎ早に質問するのに、小春は「そんなに慌てないで」と微笑んだ。

「なんか、あれだよ。子宮に筋腫があるかもっていうやつ」

「きんしゅ？」

「そう。でも、全然心配することないんだよ。だいたい女の人って四人に一人くらい筋腫があるんだって。それにほとんどがそのままほうっておいていいんだよ。悪性の可能性なんて、二十代だったら何万人に一人もいないらしいし。だから、厄介なことになる可能性なんて万が一どころか一億に一だな」

小春はさらりと言ったけど、その情報の詳しさに胸は騒いだ。検査だけでここまで説明されたのだろうか。いや、丁寧な医者だったんだ。そう思おうとしたけど、身体は受け付けてはくれなかった。

「私よりイエスは大丈夫？」

「俺？　もちろん、平気だよ」

「冷や汗かいてるのに？」

小春は俺の額に触れて笑った。

診察室に入ると、何枚かのレントゲン写真が掲げられているのが目に入った。何を示しているかわからないうちに、もう身体は震えていた。

「どうぞ。座ってください」

白衣に眼鏡をかけた医者はまだ若いのに、威圧感があった。

「えっと、これがこないだの検査写真。ほら、ここね。いくつか黒いのが写ってるのわかるよね。筋腫が四つほどあるんだ」

俺たちが座るや否や、医者は説明を始めた。

「その中でもほら、この塊《かたまり》だけ白くなってるでしょ？　細胞が活発に動いてる。これが気になるんだよね。ただの筋腫だったらこんな反応はしないから、悪性の可能性が高い。筋腫じゃなくて肉腫の疑いがあるってこと」

「なるほど」

小春は動じもせず写真を見つめた。

「いろんなことを考慮すると、子宮を摘出するのが一番の方法になるかな。若いしショックだろうけど、でも、子宮は子どもを産む以外には必要のない器官だから、取ることで生活には支障は出てこないし」

診察室に入って三分と経っていないのに、もう結論が言い渡されている。

「だけど、子宮を取ってみて、実はただの筋腫だったってことも多いんですよね」

俺が医者の言葉を頭の中で整理している横で、小春は冷静に訊いた。

「そうだね。だけど、反対に筋腫だと思っていたら悪性だったとなると取りかえしがつかないからね」

「それでも、大丈夫な可能性があるのに、子宮を取るのはやっぱり避けたいです」

小春はずいぶん落ち着いている。俺よりも先にだいたいのことを予想できていたとしても、落ち着きすぎている。それは自分が病気になるなんて思ってもいないからだ。病気やけがが、本当はすぐそこにあるってことを知らないんだ。何万人のうちの一人やごくわずかな何パーセントの中に、自分が当てはまるなんて想像ができないんだ。

「でも、肉腫だったら少しでも早く摘出しないと。若い分進行だって速いし、思っている以上に大変なんだよ」

医者は断言こそしないけど、結論は出ている。子宮を取る。それが答えなんだ。

「つらいけどさ……」

俺がようやく言葉を発しようとしたところに、小春がきっぱりと言った。

「紹介状、書いてください」

「え？」

医者と俺の声が重なった。

「他の病院行きます」

「どこ行っても同じだとは思うけど」

「いいんです。お願いします」

「まあ、書きますけど」

気分を害したようではあったけど、医者は了承した。

「知ってる？　今セカンドオピニオンがブームなんだって」

診察室を出ると、小春はからりと言った。

「聞いたことはあるけど」

「とりあえず流行には乗っておかないとね」

「あのさ」

「来週には行くから。よし、次は電子レンジだ」

小春は俺が意見を述べるのを完全に遮って、さっさと足を進めた。

3

「行ったんだろう？」

俺は箸を置いて小春の顔を見た。

「どこに？」

小春は鍋の中をかき混ぜながら首をかしげた。

最近、夕飯はほとんど鍋だ。白菜も大根もおいしいし、いろんな味にできる。それが、今日は牡蠣《かき》鍋なのに小春の箸の進むスピードが鈍い。いつもなら牡蠣が固くなるから早く食べなきゃとせかすのに、鍋の中にはだいぶ前に放りこんだ牡蠣がほったらかしにされていた。

「どこにって、病院」

「ああ、そうそう。今日たまたま休みがとりやすくてさ」

小春はしらじらしいことを平然と言った。

「土曜日に一緒に行こうって言ったのに」

「そっか。そうだったね」

最初から勝手に行くつもりだったくせにといらついたけど、怒るべきことじゃない。俺は心が落ち着くのを待ってから、お茶をごくりと飲んだ。

「で？　どうだった？」

「まあ、一緒だな」

「一緒って？」

「前と同じようなこと言われた」

「それで、小春はどうしたの？」

そう聞きながら、すごく嫌な予感がした。

「知ってる？」

「知ってるよ。今セカンドオピニオンが熱いんだろう？」

「そう。でも、それもそろそろすたれるころだから、サードオピニオンに挑戦したんだ。一歩先を行かないとね」

「ねえ。小春」

「何？」

「ちゃんと考えよう」

「考えてるよ」

小春は鍋をかき混ぜるのをやめて、乱暴に箸を置いた。

「こんなふうに引きのばしてていいのかな」

「別に引きのばしてるわけじゃない」

「でも、急いだほうがいいってこないだの先生も言ってたじゃん。こんなこと言ってる間にも、病気って進んでいくんだよ」

「そんなこと言われなくても知ってるよ。でも、私、絶対子どもがほしいんだ」

小春は眉を寄せて、声をとがらせた。

「そうだろうけど、でもさ」

「でも、何？　家族を作る機会を二度も放りなげなくちゃいけないって、私、納得できない。おばあちゃんにもおじいちゃんにも感謝してるけど、だけど、自分が大人になったら、お母さんとお父さんがいて子どもたちがいて、そういう家族を作るって、小さい時からずっと決めてたんだもん。だから、今まで我慢だってしてきたんだよ」

そんなこと俺も知ってるし、俺だって同じようなことを望んでいる。だけどだ。

「子どもがすべてじゃないよ。二人でだって家族になれる」

「二人なのは夫婦だよ。子どもがいて初めて家族なの。二人でバイクに乗ったって、ただのツーリングでしょう？　たくさんで乗って初めて暴走族になる」

「暴走族よりツーリングのほうがいいじゃん。子どもより大事なことだってある」

「大事なことって何よ」

「何って、すぐにはわからないけど」

「だったら、とやかく言わないで。病気なのは私なんだから私が決める」

小春は入りこむ余地が見当たらなくなるくらいぴしゃりと言った。その勢いにうっかり途方にくれそうになったけど、そんな場合じゃない。

「だけど、小春の身に何かあったらすごく困る」

「もしものことがあっても、また死んだ人の出てくる小説読んでたそがれてれば、時間がどうにでもしてくれるよ」

小春は冷たく言いはなった。確かに時間は驚くほど強力だ。あんなに沈んでいた俺が、十年も経たないうちに回復している。だけど、一日だってあんな思いはしたくない。

「そんな小説ほとんど読みきったよ」

「イエスが思っている以上に、死んだ人の出てくる小説はたくさんあるんだよ。浅見光彦だけじゃなくて、三毛猫ホームズも十津川警部もいるし、ついでにコナンもいる」

「そうだとしても、小春みたいにずかずかと落ちこんでる俺に入ってくるやつはいないだろう？」

「さあね」

「小春がいないんじゃ、どうしようもない。俺、小春がいたから脱出できたんだよ。頼むから二度とあんな思いをさせないで」

「そんなこと頼まれたって」

俺がすがるような気持ちで言うのに、小春は少しだけ表情を緩めてくれた。

「小春には元気でいてほしい」

「私だって死のうと思ってるわけじゃないよ」

「だったらさ」

「わかってるけど……」

小春はぼんやりと宙を眺めた。

「深刻なことだし、悩むのはわかる。俺だって、それなりに小春の気持ちもわかってるつもりだし。でも、迷うことじゃない」

どうすべきか正しい答えはきっと決まってる。俺は慎重に言葉に思いをこめてみた。

もちろん、そんなことで小春が納得するわけはないけど、次は一緒に病院にいく、ということだけはうなずいてくれた。


「産婦人科の待合室って、たまごクラブとかひよこクラブとかばっかり。こういうの置くのやめるべきだよね」

小春はそう言いながらもたまごクラブを手にしてソファに座った。今回の病院は前の病院より窓が大きく、わずかに開放感がある。

「どうして？　雑誌があったほうがいいじゃん」

俺も横に腰かけた。

「そうだけど、産婦人科って妊娠してる人だけが来るんじゃないんだから、もっと誰の心も揺さぶらないものを置くべきだよ。そうだなあ、会社四季報とか鉄道ファンとか。どう？」

「だけど、株で大失敗した人が来るかもしれないし、鉄道マニアのだんなと離婚調停中の人だっているかもしれない。誰の心も揺さぶらないものなんてないからなあ」

「じゃあ、もし私が総理大臣になったら、産婦人科の待合室に仕切りを作る。出産の人、不妊治療の人、私みたいな人ってブースを分けるの」

「そんな野望があったんだ」

「まあね」

小春はそれでもたまごクラブをぱらぱらとめくった。

小春が三冊目のたまごクラブを読みおえるころ、ようやく診察室に通された。今回の医者は髭《ひげ》を生やしてだらしない風貌をしているけど、それでも、十分に威厳があった。ある種のことを告げる人はみんな毅然《きぜん》としたものを持っている。

「まあ、書いてあるとおりだね」

医者は診断書を読んで、付けられていたレントゲン写真に目を通した。

「若いし悩むよね。これからだもんね」

親しげに笑いかけてはくれるけど、もう結論は出ているはずだ。

「まだ結婚して間もないの？」

じっと医者の口元を見つめていた俺に、医者が尋ねた。

「もうすぐ二年です」

「いいころだよね。懐かしいなあ。うちなんかさ、来年で結婚して二十年になるんだ。これがいろいろ大変でさ。よくもったって自分でも思うよ」

「なんとかできないんでしょうか？」

医者が緊張をほぐそうと話してくれているのを遮って、小春が訊いた。

「なんとか？」

「子宮を取らずにすむ方法ってありますか？」

「そうだなあ。まだ子どももいないのに酷だもんね。考えられるとしたら、腫瘍を取り出してインスタントの病理検査に出すってことかな。それだって、悪性だったら全摘出するしかないんだけどね」

「子どもが生まれるまで待つっていうのはだめですか？」

「それは無理だな。できるだけ早いほうがいい。若いと何でも速いから」

小春の質問に医者は穏やかに答えた。同じようなことを三度聞かされているんだ。小春はさすがに顔を曇らせた。俺は固まった診察室の空気に、何か言わなくてはと言葉を探してみたけど、小春にかける言葉も医者に訊くべきことも浮かばなかった。

「僕がここで働きはじめて三年目ぐらいかな、君と同じような症状の人を手術したことがあるんだよ」

医者は俺たち両方に顔を向けながら話しだした。

「そうなんですか」

「そう。その子も君と同じように若くてね。まだ結婚はしてなかったかな。手術する前は良性の可能性のほうが高くてきっと大丈夫だろうと言ってたのに、開いてみたら肉腫でさ。手術後二週間も経たないうちに亡くなったんだ。あの時はつらかったな」

医者の口調は変わらずゆったりしていたけど、俺は一気に苦しくなった。病院で語られる他人の話は、直接宣言されているのと同じだ。

「本当の病気を知らない人間ってなんだかんだ言うだろう？　仕事が大事だとか未来だ夢だ責任だとか。だけどさ、僕はここで二十年以上働いているけど、驚いたことに今まで目の前の命より大事なものなんて見たことがない。たった一度もだよ」

医者の言葉に俺はうなずいた。俺だってそんなもの一度だって見たことがない。

「少しばかり賢い人は、医者なんて病人がいてこそ成り立つ職業だろって言ったりする。だけど僕たちは病気がなくなればいいと思ってる。馬鹿みたいに本気でね。今はこうしてここに来てくれているのだから、やっぱり君を助けたいと思う」

「お願いします」

俺は医者が話し終わらないうちに、立ち上がって頭を下げていた。助けてほしい。それだけだった。

先生は俺に「もちろんです」と微笑むと、

「いいですよね？」

と、小春の目を見た。小春は小さくそれでもきちんとうなずいた。

「よし、じゃあ、日程を決めていきましょう。一番早く手術ができる日が十五日かな。それまで二週間の間に二回手術用に血液を採っておきたいのと、検査もしないといけないから、病院に来てもらうのがまずは来週の月曜日と」

それからは、まるでスイミングスクールの予約を取るみたいに、いろんなことが決まっていった。

4

入院が決まってからは淡々と毎日が過ぎていった。休暇に入るまで小春は忙しく仕事をしていたし、いつもどおり食事をして木曜日に牛乳を買ってまだ寒いからと新しいストーブも買いたした。

「意外に仕事って簡単に休めるんだね。しかも二ヶ月も」

入院三日前から休みをとった小春は、ゆったりとソファに座りながら温かいココアを飲んだ。最近はよく眠れるようにと、夕飯後に温かいものを飲むのが日課になっていた。

「ゆっくり休めばいいよ。こういう時にさ」

「そうだね」

「保育所の子どもたちに会えないのって、寂しい？」

「思ったよりは平気。うん。大丈夫だな」

小春は思い浮かべながら答えた。

「そっか。ならよかった。だけど、保育所で働いててよかったな」

「どうして？」

「どうしてって？」

「私が保育士だからって、何かいいことあるの？」

「いや、別に。そういうことはないんだけど……」

しまったと思った。兄貴が入院していた時も、俺は不用意な言葉で兄貴の気持ちを傾かせてしまうことがあった。

「言っておくけど全然違うから。自分の子どもを育てるのと、保育所で子どもたちと過ごすのとはわけが違う」

小春は顔をしかめた。

「そうだな」

「自分の子どもじゃないと何の意味もないのに」

「でも、ほら、きっと子どもを手にする方法はいくつかあるよ。ブラッド・ピットとかだっていっぱい養子を抱《だ》いてるじゃん」

「馬鹿じゃないの？　ここは日本だよ。そんなほいほい養子が取れるとでも思ってるの？ちょっと調べたらわかることを言わないで」

「そうだね」

「なんなのよ。そうだねって」

「いい言葉が浮かばなくて」

俺は正直に答えた。小春は気持ちが高ぶってるから、どうしたって収まらない。こういう状況から抜け出せる気の利いた言葉なんてそうそうないのだ。

「いい言葉なんて言ってくれなくていいよ」

「でも、つらいんだろうなって、ちゃんと思ってるんだよ」

俺はそっと小春の頭に手を置いた。

「別につらくなんかないけど。……だけど、おかしくない？　子宮取っても生活に支障がないんだったら、むやみやたらにセックスして中絶する人がなればいいじゃん。虐待とかしちゃう人が病気になったらいいじゃん。そしたら世界も平和になって一石二鳥でしょう？　っていうか、こんなことなら結婚前からまじめに避妊とかしなきゃよかった。そしたら今ごろ夏生だけでもいてくれたかもしれない」

「本気で言ってるの？」

「一〇〇パーセントじゃないけど、本気だよ」

小春はぼろぼろと涙をこぼした。

「私、万引きもずる休みもしたことないし、人の靴に押しピン入れたこともないのに、どうしてこんなことになるのかな」

「悪いことしたから病気になるわけじゃない。そんなの病気の人に悪い」

「わかってるけど、どうしてだろうって思ってしまう。どこの何を間違えたんだろうって。どうやってたらこんな目に遭わなかったのかな」

小春はそう言うと、膝《ひざ》に顔をうずめてしまった。

兄貴も何度も同じようなことを言っていた。自殺するやつが病気になればいいのにって、どうすれば病気にならずにすんだのかって、どうして俺なんだって。そして父親も母親も俺もうまく答えることができずに、ただ兄貴の気持ちが収まるのを待つしかなかった。

「兄貴も時々、こんなふうにめいってた。でも、何もできなかったな」

俺は小春の肩に腕を回した。泣いて沈んでいても小春の身体は温かくて、やっぱりほっとする。

「こうなるのが怖くて、俺、兄貴の心に触れるものをまったく含まない話しかしなくなってた。病気のことはもちろん、兄貴自身にかかわることも口にできなかった」

うらやましくなるから学校のことは話さないほうがいい。未来のことなんてとんでもない。兄貴をほめたって卑屈にさせてしまう。何の話だったら兄貴は平気だろう。そうやって選びぬいた話は、本当にくだらなかった。

「毎日どうでもいい話ばかりしてたな。きっと兄貴だって、聞いててつまらなかっただろうな」

思い出すと、悲しいのになんだか笑えた。

「いろんなこと話してみればよかったのに」

小春はほんの少し顔を上げた。

「そうだよなあ。だけど、いつ何が兄貴の痛みを呼びおこしてしまうかわからなかったし。もし言葉がうまく響かないで兄貴をぐらつかせてしまったらと思うと、不安だった。本当はもっと言いたいことも話すべきこともあったのにな。まあ、今こんなこと言ってもどうしようもないんだけど」

「ちょっと、悲しいこと言わないでよ」

「そうだな」

「そうだなって、イエスのせいですごく重い雰囲気になっちゃったじゃない」

小春は両手で涙をぬぐった。たぶんこういうところが小春のいいところなんだと思う。

「だからさ、小春には思いついたことは口にしてみる。もし、それがうまく伝わらなくて傷つけたりしても、俺、悪気はないから。どんな言葉でも、小春のこと考えてかけてる言葉だから。それは知っておいて」

「何、そのずるいルールは」

「便利だろ？」

「じゃあ、私も。たぶんこれからひどいことたくさん言うけど、それって病気のせいだから。本当は私はちゃんとイエスのこと愛してて、すごくいい人だから」

小春は目を赤くしたままで笑った。

こんなふうにしてればよかったのだろうか。そしたら、もう少し兄貴の嬉しそうな顔を見ることができたのかもしれない。

「スーツケースに入れるんだ」

入院する前の夜、小春は準備する俺を楽しそうに眺めた。

「そう。意外に病室って収納する場所がないし、スーツケースがあると物が入れておけて便利なんだよな」

「旅行みたいだね。あとは、タオルにコップに……、歯ブラシも入れないと」

小春は入院のしおりを見ながら、荷物をチェックした。

「それと本も何冊か買っておいたし」

俺は昨日買った本を渡した。

「浅見光彦？」

「まさか。推理小説じゃないよ。世の中には、人が死なない話がたくさんあるんだ」

「そうなんだ」

「それどころか誰も不幸にならない小説もあるんだよ。世の中はちゃんと幸せだからな」

「なるほどね。なんだかいろいろ物入りで悪いなあ。お金なんかじゃ何もできないってロックンローラーみたいなこと思ったりもしたけど、入院するにも注射打つにも診断書を書いてもらうにもお金がいるんだもんね」

小春は肩をすくめた。

「大丈夫だよ。普段節約してるから」

「それを夏生たちの学費じゃなくて、私に使うことになるなんてね」

小春はそうつぶやきながら、スーツケースの中にスリッパやら歯磨き粉やらを放りこんだ。

「おい、どうしてスリッパと洗面用具を一緒のところに入れるんだよ。せっかくきちんと入れたのに」

俺が荷物を片付けなおすのを、小春はくすくす笑った。

「イエス、修学旅行前の母親のようだよ」

「小春がいい加減すぎるんだよ。って、そうだ。おじいちゃんとおばあちゃんに知らせたほうがいいよな」

ばたばたと進んでしまって、大事なことを忘れていた。

「うーん。どうかな」

小春はゆっくりと首をかしげた。

「うちの親には黙っておこうと思うんだ。いい人だけど、やたらに気をまわして、かえって小春を落ち着かなくさせるだろうし」

「うん。そのほうがいい」

「入院自体は二十日程度だから、なんとでもできると思うけど、小春のおじいちゃんとおばあちゃんには伝えたほうがいいな。そばにいてもらったほうが安心するだろ？」

「いいや」

「本当に？」

「おじいちゃんもおばあちゃんも必要以上に心配するだろうし。うん、黙っておく」

「身内にいてもらうと心強いもんだけど」

「いいんだ。イエスがいれば」

小春は俺の手を握って、えへへと笑った。

「そっか。じゃあ、親たちには話すべきことがあったら話すってことで」

「なんだかイエス、てきぱきしてるね」

「そう？」

「うん。すごい手際がいい」

「兄貴の時の経験がいかされてるのかな」

「どう答えていいか困るようなこと言わないでよ」

小春は眉をひそめたけど、きっとそうだ。十年経って、ようやくあの時手にしたものに意味をもたせることができる気がする。

「俺さ、どんな経験も無駄じゃないって言葉すごく嫌いだった」

「イエスにも好き嫌いがあったんだ」

「うん。この言葉とご飯にマヨネーズかけて食べるのだけはだめかな」

「知らなかった。これから献立に気をつけないと」

マヨネーズ自体食べないくせに、小春は言った。

「悲しみやつらさを知った分、優しくなれるし強くなれるって言うだろ？　そういうの、ずっとばかばかしいと思ってたんだ」

「そうなんだ」

「そりゃ、たまに平和に生きてるやつを見て、浅いなって思ってしまうこともあったけど、だけど、そういうやつだって優しいし強いしな。だから、悲しいことだって意味があるって言われるたびに吐き気がしそうだった」

「キャベジン飲めばよかったのにね」

小春はそう言いながらも、そっと俺の頰に触れた。

「でも、もしかしたら、あの中でだって得たものもあったのかなと最近思うんだ。もし兄貴のことがあって、少しでも今、小春に手を差しのべることができてるのなら、わずかだけどよかったって思える」

「うん。頼りになるよ。頼りになる」

小春は繰りかえしそう言った。

5

転校生みたいな気分だ。入院する部屋の前で小春は言った。

「みんなと仲良くなれるかな」

「大丈夫。いい部屋ですよ」

看護師はにこやかに言って、扉を開けた。

「葉山さんのベッドは窓際ね。山崎さんが長いからいろいろ教えてくれますよ」

そう紹介されて、五十代くらいの細いおばさんがベッドから立ち上がった。

「ようこそ十六号室に。私が山崎で、こっちが斉藤さん」

「葉山です。よろしくお願いします」

小春と俺は二人にぺこりと頭を下げた。

「こないだまでは四人いたんだけど、一昨日一人退院して、先週一人死んじゃってね」

山崎さんの説明に、ついに病院に来たんだと俺は身が引き締まる思いがした。死が大げさでも遠いことでもなく、普通にそのままある空間に来たのだ。

落ち着いたら身体測定をしますねと告げて看護師が出ていくと、山崎さんが、

「で、あんたは何の病気？」

とさっそく訊いてきた。

「なんていうか、手術してみないとわからないんですけど、肉腫か筋腫っていう」

「なるほどねえ。全然いいじゃない」

「そうですか？」

「そうそう。私なんて最初は卵巣がんだって言われてたのに、これがあちこちに転移してたみたいでさ。もう、大変よ。切るたびに場所が増えてんだもん」

山崎さんは相当な病状をあっけらかんと語った。

「私は内膜症のひどいやつで、もう子宮まるごと取っちゃったの」

三日前に手術をしたという斉藤さんは、寝たままで言った。

山崎さんも斉藤さんも世間話みたいにおもしろおかしく病気について語る。小春は少し困

ったような笑顔を浮かべながらうなずいていた。


手術や麻酔の説明を受けて、簡単な検査をすませるともう夕飯の時間だった。

「なんかベッドで食べるって落ち着かないな。元気なのに」

小春は何度もベッドのリクライニングを調節した。

「慣れだよ。ほら、外の景色も見られるし、いい場所じゃん」

俺はブラインドを少しだけ開けた。病院は高台にあって、ところどころに灯《あか》りが揺れるのが見える。夜の景色もそれなりにきれいだ。

「イエスもなんか食べる？」

「いいよ。ちゃんと食べな。どう？　おいしい？」

小春は「温かいし、想像よりはずっとおいしい」と煮物を口にした。それでも食べる勢いはいつもの半分以下だ。

「ちょっと、新入りさん」

食べはじめてしばらくすると、山崎さんが大きな瓶を持ってそばに来た。

「味薄いからご飯が食べにくいだろ？」

「そうですね」

「ご飯の量ばっかり多いしね。はい」

山崎さんはそう言うと、ご飯の上にどかっとふりかけをかけてくれた。

「うわあ、ありがとうございます」

「少しは食べやすいだろ」

「ええ。っていうか、それ、かなり大きいふりかけですね」

小春が指差すと、山崎さんは「年季入ってるだろ？」と瓶を振って笑った。


夕飯が終わると、あっという間に面会時間は終了だった。

「イエスも帰ったら、ごはん食べてね」

小春は病室を出て、エレベーター前まで送ってくれた。

「わかってる。眠れそう？」

「うん。部屋はいい人ばかりだし、安心かな」

「そっか。明日は仕事終わったらすぐに来るから」

「無理しないでいいよ。私、意外と平気だから」

それでも病院の青いパジャマを着る小春は痩《や》せて見えて、なんだか心もとなかった。

「でも、絶対来る」

「今日も仕事休んでくれたのに。あ、エレベーター来たよ」

「うん。いいんだ」

俺がエレベーターをやり過ごすのを、小春は「まるで恋人のようだ」とけらけら笑った。

「イエスが想像している五倍、入院って悪くないって思ってるのに」

「それはよかったけどさ」

「もう七時回ってるよ。面会時間厳守なのに。これじゃ、明日、病院の風紀委員会にかけられてしまう」

「少しくらい過ぎたってばれないって。これぐらいの規則みんな破ってる」

「なんと、イエスらしからぬ発言だ。明日、命名委員会にかけられてあだ名変えられちゃうよ」

「いいよ。だいたいイエスなんて変な呼び名だし」

俺が四回目のエレベーターを見送ろうとすると、「しかたがないな」と小春は一緒にエレベーターに乗りこんで、玄関まで送ってくれた。

次の日、職場を出て病院に着くころには、夕飯が終わりかけていた。

「そんなに慌てなくてもいいのに」

病室に駆けこむと、小春にも山崎さんにも笑われた。

「いや、まあ。すみません」

「遅刻した学生みたいだね」

斉藤さんも笑った。斉藤さんのところにはだんなさんと子どもたちが来ていて、

「見舞いするほうもおなかがすくでしょう」

とコンビニのおにぎりをくれた。

みんなカーテンをオープンにしていて、にこやかに話している。病気だということを除けば、サークルや地域の集まりのようだ。

「あんまり食べてないじゃん」

小春のご飯には昨日と同じように、山崎さんのふりかけがどっさりかかっていた。

「だって、ほら。鯖《さば》の味噌《みそ》煮だよ」

小春は不服そうに鯖をつついた。

「鯖は身体にいいからな。しっかり食べないと」

「もちろん食べるけどさ。でも明日は手術だから、朝ごはんも昼ごはんも抜きなんだよ。ってことは、最後の晩餐《ばんさん》がこれだよ。私、世界で八番目に鯖が嫌いなのに」

「最後の晩餐なんかじゃないだろ。大丈夫に決まってるのに」

「すごい自信だね」

「当たり前だろ。ほら、神様はなんだっけ、乗り越えられる試練しか与えないって言うからさ」

「大げさだな」

小春はしぶしぶ鯖を口に入れた。


「そうだ。あれ、どうかと思うよ」

エレベーターまで見送る途中で、小春が言った。

「あれ？」

「神様は乗り越えられるどうのこうのってやつ」

「どうして？」

「どうしてっていうか……。山崎さんさ、めったに誰も見舞いに来ないんだって。いつまで入院するかわからないし、それだけ入院が日常になってるからって言ってたけど。まあ、つまり、そういうこと」

「ああ、そうだな」

山崎さんは俺の言葉をどういうふうに聞いていただろう。そう思うと、どきっとした。

「私たちの話なんて聞いてないだろうけどね。えっと、今日もわざわざ来てくれてありがとう」

小春はエレベーターの前まで来ると、頭を下げた。

「ものすごく丁寧だな」

「手術まではいい人っぽくしておいて、神様に助けてもらおうっていう作戦だから」

「そんなことしなくても、ちゃんと小春はいい人なのに」

俺が言うと、小春は「うそでしょう」と愉快そうに笑った。

「でも、病気って、ちょっとだけどいいこともあるね」

「そう？」

「うん。優しさをわかりやすく形にしてもらえる。昔、風邪ひいた時もおばあちゃんはりんごむいてくれたし、おじいちゃんはポカリを買ってくれたし」

「そうだな」

「そして、今じゃ、イエスは愛してるって連発してくれるしね」

「一回も言ってないけど」

「そうだったっけ」

小春はそう笑うと、「今日は一回で決めてね」と、エレベーターのボタンを押した。

6

三月がもうすぐ待っているというのに、ぬくもりなどどこにもない寒い土曜だった。それでも太陽は出ていて、空は青い。俺は朝一番で兄貴の元へ向かった。朝の墓地の空気はほかの場所よりぐっと澄んでいる。

「いつも夕方になってしまうけど、朝もいいもんだな」

俺はそう言いながら、兄貴に花を供えた。

ストックに菜の花。墓参りをするようになって、ずいぶん花に詳しくなった。どれもまだ淡いけど、前回より花の色は増えている。

「たまには一人で来るのもいいよな」

結婚してから小春と一緒に来るようになったけど、墓参りは一人がいい。小春が気にかけてくれる何倍も、俺は兄貴に言いたいことがあった。二週間ほど前に来たはずなのに、一とおり最近のことを話し終えると、一時間近くが経っていた。

「じゃあ、兄貴。頼むな」

そう手を合わせたあとで、俺は首をかしげた。

「そういや、墓参りで願い事するのはだめなんだっけ」

昔、じいちゃんに「神様に祈ってんじゃないんだぞ。墓参りは安らかに眠れるように伝えるだけだ」と注意されたことがあった。

「まあ、いっか。兄貴は神様より力があるもんな」

俺は勝手なことを言って、もう一度手を合わせた。きっと兄貴は「お前はいつだって俺をかいかぶりすぎなんだ」と渋い顔をしているはずだ。だけど、頼まれたらどんなことでも何とかしようとするのが兄貴だった。

寒さのせいか、合わせる手はかすかに震えている。それでも、太陽はてっぺんに向かって進み、かすかに日差しを強めていた。


十一時。手術の一時間前に看護師が部屋にやってきた。

「大丈夫だから」

俺が言うと、「その言葉、今日二十六回目だよ」と小春が指摘した。

山崎さんも斉藤さんも「楽にしてればいいよ。あっという間だから」とか、「麻酔が効いてるから、心配することは何もないんだよ」とか、しきりに声をかけてくれた。

「嫁に行く日の朝みたい」

小春は笑った。

「まず筋肉注射を打ちますね。ちょっとふわふわするかな。それからしばらくしたら軽い麻酔を打って、手術室に移動しますからね」

看護師は簡単に説明をした。

「ついにって感じだ」

ベッドからストレッチャーに移った小春は、大きく伸びをした。

「すぐ終わるよ」

俺は息が詰まりそうになるのを感じながらも、しっかりと言った。

「すぐって、五時間もあるのに?」

「そう。お医者さんに任せておけば大丈夫」

「そうだね。よし。死にませんように。腫瘍が悪性でありませんように。子宮を全部取らなくてすみますように。麻酔が途中で切れませんように。お医者さんがメスをおなかの中に忘れませんように」

「だんだん願い事が細かくなってる」

「うん。死ななければそれでいい」

小春はそう言いながらも、筋肉注射を打たれると、表情が硬くなった。

「ちょっとちょっと、なんて景気の悪い顔してんの」

山崎さんが小春の顔を覗きこんだ。

「手術って待つほうがしんどいのよ。受けるほうは寝てればいいけど、待つほうは五時間も六時間も殺風景な控え室でじっとしてるんだから。待ってる間、浮かぶのって最後に見た顔だよ」

「そうですね」

「手術に向かう時は、陽気に笑顔で。これが十六号室の鉄則だから。ほら、あれなんでしょう？　神様は乗り越えられる試練しか与えないんでしょう？　あんたたち、半人前の新米夫婦の力なんて、合わせてもたかがしれてるわよ。たいした力なんてないんだから、そうそう試練なんてやってくるわけがない」

山崎さんはきっぱりと言った。

「そっか。そりゃそうですね」

小春はそう笑うと、だんだん麻酔が効いてきたようでゆっくりと目を閉じた。

「がんばって。絶対大丈夫だから」

今日三十回目の言葉をかける時には、もう返事はなかった。

「じゃあ、行きましょうか」

看護師は俺に声をかけると、ストレッチャーを病室から運び出した。

控え室は想像以上に殺風景だった。俺以外にも二人待機していたけど、軽く会釈をしたきり話を交わすことはなかった。あるのは硬いソファと古いテレビと時計だけ。何より窓がないのがよくない。もし俺が総理大臣だったら、もっとリラックスできるようなスペースにするのに。ぼんやりそんなことを考えてみたりもしたけど、兄貴の時みたいに最悪な事態をイメージして、むだに恐れることはなかった。

何時間か経ったころ、隣の人が食べはじめたパンのにおいで、おなかがすいているのに気づいた。朝も昼も食べてないし、もう三時を回っている。どんな時だっておなかは減るし、どんな時だって食べないとな。俺は自販機で温かいコーヒーを買った。

兄貴の入院が長くなって繰りかえし手術が行われたころ、食欲がなくなった俺に兄貴が言ったことがあった。

「亮太、どんな時だって食べなきゃもったいない。明日、お前のほうが食べられなくなるかもしれないのに」

「そうだろうけど」

「食べろ、飲め、死は誰にでもくる」

兄貴は偉そうに言った。

「何それ？」

「カタルーニャのことわざなんだって」

「カタルーニャって何？」

俺は聞いたことがない言葉に首をかしげた。

「スペインの地方の名前」

兄貴はそう答えた後で、「俺って、悲しいだろ」とつぶやいた。

「何が悲しいんだよ」

「俺、まだ十六歳なんだよ。それに地理にもことわざにも興味なんてない。それなのに、こんなことまで知ってる」

「いいじゃん。なんだって知ってるほうが。賢いってことだろ」

俺は懸命にほめたけど、兄貴の顔は晴れなかった。

「俺の知識なんて、テレビ見て本読んで、見ず知らずの人が作ったものから得たものばっかり。本当は何も知らないんだ。もう十六なのに」

兄貴にもっと話しておけばよかった。俺は賢くないけど、見ず知らずの人が作ったものより、兄貴を楽しませられたはずだ。

何度も時計を見ては、何度もため息をついた。もどかしくてどうにかなりそうだった。だけど、小春が運び出されてくると、待っていた時間はすべて吹きとんだ。

看護師が何度も「葉山さん」と呼んで、ようやく小春は目を開けた。

看護師の「終わりましたよ」と言う声に、よかっただとか、ありがとうだとか言って苦しげに息をしたかと思うと、小春はまた眠ってしまった。

「まだ半分麻酔が効いてるようなものだから、しばらくずっとうとうとしてるよ」

看護師がいなくなった後も、じっと小春を見つめている俺に、山崎さんが言った。

「そうですね」

「よかったね。無事に終わって」

「ありがとうございます」

山崎さんに頭を下げたとたん、俺は目の奥が熱くなった。

「ほっとしたんだね」

「ああ、まあ」

山崎さんに温かく言われて、涙がじんわりと出てきた。こんなところで泣くなんてどうかしてる。だけど、こらえようとするほど、涙はこぼれてきた。涙はいつも不都合な場でばかり出てくる。兄貴が死んだ時だってそうだった。今は泣いてもいい、泣くことを周りが待ってる。そういう場ではほろりともしないのに、引っこんでいてほしいという時に限ってわいてくる。

「よっぽど気が張ってたんだね」

「いや、まあ、そういうわけでも」

俺は目をこすった。

「男って女より気が小さいっていうけど、あれはかなり無理してるなって、あんたが帰った後、みんなで言ってたんだよね」

「そうだったんですか？」

「そうそう。うちのだんなもびびりだけど、葉山さんの病院でのぎこちなさって相当だもんね。小春ちゃんがあの人本当に病院が苦手でって言ってたよ」

斉藤さんも笑った。

たった三日でみんなに見透かされるなんて、俺ってそんなにもかっこ悪かったのか。

「結局、神様は乗り越えられる試練しか与えなかっただろ？」

山崎さんは自慢げに言った。

「山崎さんも、そう思うんですか？」

「そうって？」

「神様が乗り越えられる試練しか与えないって」

「もちろん。まあ、私はずいぶんと神様に過大評価されてるけどね」

山崎さんは笑った。

俺に対する神様の評価はどうだろうか。小春なしでは生きていけないんだと思ってはくれた。じゃあ、俺たちの評価は？　俺と小春でどれくらいのことができると思ったのだろう。

面会終了時刻を少し過ぎたころに、小春がゆっくりと目を開けた。

「大丈夫？」

「うん」

小春はそっとうなずいた。

「よかった。本当に」

俺が手を握ると、小春はほっとしたように静かに微笑んだ。

「でも、おなかの中がすうすうする」

「ああ、そうだな」

「申し訳ない」

「何が？」

「子どもが生まれなくなるってことは、イエスにとってもそういうことで、好きで病気になったわけじゃないんだけど、申し訳ないなあって」

「申し訳ないって、どうして産地偽装がばれた食品会社の社長みたいな謝りかたなの？」

「ごめんねって許してもらう前提っぽいし、一社会人として謝ってるんだ」

痛むのだろう、小春は顔をしかめながらとぎれとぎれに話した。

「謝ったりすんなって」

「そう言うと思った」

小春はそう言うと、また眠りに落ちてしまった。

7

「ほら、身体が動かせるようになったんだよ」

手術から三日目、小春がベッドの上で身体を起こしてみせた。

「着々と回復してるんだな」

「昨日までは寝返りしかできなかったのにね。点滴の管に痛み止めの管にって、拘束されていたものが減るたび自由になった気がする」

「そうなんだ」

「痛みより動けないのがしんどいんだよね。こうやって、人類は厳しい歴史の中で自由を獲得してきたんだね」

小春は高らかに言ってから、「でも話すたびにおなかが痛い」と嘆いた。

「あんまりはりきるなよ」

「これじゃはりきれないよ。全部ただの汁だもん」

やっと食べられるようになったというのに、夕飯はおかゆに漉《こ》した味噌汁にカルピスだった。

「まあ少しずつだな。これ、お見舞い。火曜日だから東京ウォーカー」

俺は小春に雑誌を渡すと、新しく持ってきた着替えやらタオルやらを片付けた。

「やったね。って、またラーメン特集か。こないだは焼き肉ランキングだったのに。最近、食べ物ばっかり」

「そっか。ちゃんと見て買えばよかったな」

「いいんだけど。でも、もし私が総理大臣になったら、次の東京ウォーカーの特集は見舞い品ランキングにするな」

「いいね。一位は何？」

夕飯をきれいに食べ終えた斉藤さんが、会話に入ってきた。

「やっぱり一位はふりかけですよね」

「賛成」

斉藤さんは大いにうなずいた。

「で、二位は水かな？　とにかく喉が渇くからすぐに水が飲みたくなる」

小春はカルピスを飲みながら言った。

「水は病院でもらえるじゃない。私は本だな」

「じゃあ、三位は何にしますか？」

「甘いものならなんでもいい。暇だとすぐに口さびしくなるから。小春ちゃんは？」

「うーん、ポカリスエットかなあ」

「水にポカリ？　飲み物ばっかりじゃない」

斉藤さんは笑った。

「あれ？　山崎さんは？」

いつもなら話に入ってくるはずなのに、山崎さんのところはきっちりカーテンが閉められている。

「今日は抗がん剤受けたから」

小春は小声で言った。

「そっか」

見舞い相手は小春だけど、十六号室の誰かの顔が見えないと落ち着かない。あんな薄いカーテンを開けることさえできないのかと思うと、もどかしかった。

「二位でこんなに意見が割れるんじゃ、特集できないね」

小春はぼんやり山崎さんのほうを眺めている俺に言った。

「あ、ああ、そうだな」

「総理大臣に立候補するのはやめることにする」

小春はそう言うと、おかゆを口に入れた。


手術して五日目。ようやく歩けるようになった小春は、「これじゃ、時速十メートルだな」と言いながらも、俺を見送ってくれた。

「無理しなくていいのに」

「動いとかないと退院する時困るんだよね。斉藤さんも荷物片付けながら、もっと体力つけておくんだったって嘆いてたし。斉藤さん、元気にしてるのかな」

斉藤さんが退院したのは昨日のことなのに、小春はずいぶん昔のことのように話した。

「斉藤さんがいなくなって寂しい？」

「そりゃそうだけど、でも、それより変な気持ちなんだ。あんなふうに、私もあと何日かで退院するんだなって思うと、待ち遠しいけど、なんかね」

「そうだな」

小春が退院するまでに、早く新しい人が、それもいい人が十六号室に来ればいいなと考えそうになって、俺は頭を振った。誰かが入院することを望むなんてどうかしてる。

「そうだ、ほら、もうなんでも食べられるんだろ？　明日はゼリーとかプリンとか持ってくる。あと、ポカリも」

「ポカリか」

小春は足をのろのろと進ませながら言った。

「好きだろ？」

「でも、あんなにポカリ飲んでたのに病気になるんだね。ポカリって、風邪には効くけど、腫瘍には効果がないのかな」

「ポカリは薬じゃないからな」

そこまで期待をするのは、ポカリに気の毒だ。

「そうだけど」

「でも、ほら、ポカリは時々俺たちに水分以外のものも、もたらしてくれたし」

「確かにそうだね」

小春はエレベーターの前に着くと、ほっと息をついた。

「また部屋まで戻らないとな」

「時速十メートルでね」

小春は楽しそうに言うけど、また身体をかがめながら同じ道を一人で戻るのかと思うと気が引けた。

「送ってくよ」

「送ってくって部屋まで？　いいよ。せっかくここまで来たのに」

「いいんだ。送ってく」

「本当にいいって。見送られるより、見送るほうが楽しいから」

「それ、山崎さんの言葉？」

「あたり」

小春はそう笑うと、よいしょっと弾みをつけて、エレベーターのボタンを押した。

「今日は本と漫画と雑誌」

「それって、全部本じゃない。明後日には退院なのに、そんなに読めないよ」

俺が買ってきたものを袋から出すと、小春は笑った。

「本しか思いつかなくて。食べ物は昨日、保育所の人がたくさん持ってきてくれてたし」

「いつも何かを持ってきてくれなくてもいいのに」

「そりゃそうだけど。でも、探すの好きなんだよな」

俺は本をベッドの端に並べて見せた。

「この本は竹島に聞いて買ったんだ。すごくおもしろいって。で、これはイエス・キリストと仏陀が一緒にアパートに住んでるって漫画。衝撃的だろ？」

「おお、すごいね。それならすぐに読めそう」

小春はさっそく漫画を手にして、ページをめくった。

「東京ウォーカー以外にもおもしろい雑誌があるし、人の死なない話もたくさんあるし、愉快な漫画ももっとあるんだよな。俺、いろいろ探しながら考えてたんだ」

「何を？」

「何のために生きてるのかって」

小春は俺の言葉に、本を置くと思いっきり顔をしかめた。

「イエス、そんなこと考えながら本屋をうろついてたの？　誰かに知られたら速攻で補導されるよ」

「そんな深刻に考えてたわけじゃないけど」

「私が病床で苦しみながら、どのスーパーで卵を買うとお得なのかって重大なことを考えている時に、イエスはのん気に生きる理由なんて考えてたのね」

「まあ、なんだって理由が決まってると楽だからってだけだよ」

俺は言い訳するように言った。

「そんなもんかな」

「そんなもんだって。小春と結婚するって決めた時も、これからは小春と家庭を築いていくことが俺の目的だと思えて、それまでより毎日がずいぶん楽になったし」

「それなのに、私が手術しちゃったから目的がなくなったんだ」

小春が皮肉っぽく言った。

「そういうわけじゃないけど。でも、昨日本を探してる時さ、すごいわくわくしたんだ。この本読んだら小春どんな顔するだろって。そしたら、もっといろんなことを小春に教えたいと思った。読んだことのない本とか、見たことのない景色とか、食べたことのないものとか。そうそう、ケンタッキーに新しい種類のチキンが出たんだよ。それだって食べさせたいし。

とにかく俺の知らないことを小春がたくさん見せてくれたように、小春が知らないものをたくさん見せたいんだ」

「ケンタッキーの新商品を食べさせることが生きる目的？　着々と規模が小さくなってる」

小春がくすくす笑いだすと、山崎さんがカーテンを開けた。

「じゃあ、私が二人ともが知らないことを教えてあげようか？」

俺が顔を向けると、山崎さんはにやにやした。

「なんですか？」

「病院のカーテンの防音効果はゼロに等しいってこと」

小春は爆笑したけど、俺はすっかり恥ずかしくなって、「そりゃ、知らなかったです」とへらへら笑った。


入院最後の夜。小春に見舞いに来ないでいいと言われた。その分、開いているありとあらゆるスーパーに買い物に行ってくれと頼まれた。

ダイエーもイオンも業務スーパーも、ついでにコンビニまで回った。行ける範囲の店すべてに行って、あるだけの種類を買いこんだ。これならきっと小春も満足してくれるはずだ。

8

朝早く病院に着くと、もう小春はスーツケースに荷物を詰めこんでいた。

「早いじゃん」

「退院するとなると、なんだか気持ちがはやっちゃって」

「そっか。これ、頼まれてた分」

俺は昨日買ったものをぎっしり詰めた紙袋を渡した。

「うわあ、さすがイエス。すごい数」

「ありったけ買ってはみた」

「ありがとう」

「いいんだ。えっと、忘れ物はない？」

俺はベッドや棚の中を確認した。

「大丈夫。そんなに荷物ないし」

一ヶ月も過ごしてないのに、わずかなスペースはすっかり馴染《なじ》みの場所になっていた。

「朝から晩までみっちりいたからね」

感慨深げにベッドを眺める俺に、小春が言った。

「そろそろ行くんだね」

山崎さんがベッドから下りてきた。

「そうですね。すっかり片付いちゃったし」

「まあ、退院おめでとうだね。だんなさんもご苦労様だったね」

「ありがとうございました。なんていうか、山崎さんのお陰で楽しかったです。本当にお世話になりました」

小春が改まって言うと、「卒業式じゃないんだから」と山崎さんは笑った。

「あの、これ。主人に買ってきてもらったんです」

「何？」

山崎さんはずしりと重い紙袋の中を、不思議そうに覗きこんだ。

「まあ、なんとすごい種類。よくもこんなに集めたわね」

「そうなんです。ふりかけってたくさん種類があるんですよ。山崎さんのふりかけもすごくおいしいんですけど。でも、ご飯にのせるものって本当にいろいろ売ってて、いろんな味が楽しめるんです。もちろん、ご飯にのせるものだけじゃなくて、おいしいものってたくさんあって」

小春がたどたどしく説明するのに、山崎さんは、

「じゃあ、おいしいご飯を食べるためにも一生懸命病気を治さなきゃね」

と言ってから、「なんてね」と肩をすくめた。

「なんてねって……」

小春は小さく首をかしげた。

「私、もう五十過ぎてるんだよ。病気ともずっと一緒にいる。いろいろわかってるし、覚悟もしてる。もちろん、あきらめてるわけではないけどね」

山崎さんがいつもどおりあっけらかんと言うのに、俺も小春もどう言っていいかわからなかった。

「でも、これだけ種類があるってことは、明日のご飯はどれをかけようか楽しみになるね」

「そうです」

俺は力強くうなずいた。大きな瓶のふりかけは明日も明後日も同じ味だけど、必死でスーパーを回って手に入れたふりかけは、八十種類はある。

「今日の夕飯は高菜ふりかけにしようかな」

山崎さんは一つ取り出して見せた。

「いいと思います。きっとおいしいです」

小春はそう言うと、ほろりと涙をこぼした。

「ちょっと、今泣くところ？　だんなは嫁が寝てる時におばさんたちの前で泣き、小春ちゃんはふりかけを薦めて泣き。あんたたちって、いつも泣くタイミングが悪いのね」

「今泣くのはだめだって思うんですけど」

小春はごしごしと目をこすった。

「涙なんてここぞって時以外に力を発揮しちゃうからね」

山崎さんはそう言って笑うと、「元気でね。本当、元気で。それだけだわ」

と俺たちを見送った。


「ひそかに春だね」

病院の敷地を抜けると、小春は車の窓にぴたりと顔をくっつけた。

「そうだな」

まだ三月になったばかりだけど、空の色も淡いし、沿道の木々も緑が多くなっている。

「私さ、考えてたんだ」

「何を？」

「これからのこと。どんな毎日がいいかなって」

小春は窓の外を見るのをやめて、きちんと座りなおした。

小春は入院する前から、養子縁組だとか里親だとか代理母だとかいろんなことを調べていた。入院中、考える時間は山ほどあったのだ。それだけ時間があれば、小春なら結論を出してるはずだ。

「それで？」

俺は少しどきどきして、小春の言葉を待った。

「とりあえず、誰かの子どもを育てるのも誰かに子どもを産んでもらうのもしない。ついでに言うと、猫も犬も飼わないし、金魚もインコも世話しない」

「どういうこと？」

「二人で過ごしていくのもいいかなって、思ったんだ」

「そうなんだ」

「あれ、いや？」

俺が不思議そうに言うのに、小春が尋ねた。

「全然いやじゃない。だけど、小春だったら、なにがなんでも家族を作るんだって、動きそうだと思ってたから」

「まあね。しかも、二人だけで暮らすのって、順調にはいかないだろうしね」

「そうかな」

「そりゃそうだよ。本来三人の子どもに注ぐはずの愛情を、イエス一人に向けるんだから。イエスは重くてうんざりするだろうし、そのせいで何回もどろどろするだろうし。しかも、子どものためにも一緒にいなきゃっていう重しもないからなあ。イエス二回は浮気するし、そのうちはげるし太るしだらしなくなるし大変。だけど、それでも、イエスだけに気持ちを注いだっていいんじゃないかなって思う。そんなことを、手術中ひたすら考えてたんだ」

だらしないのは小春のほうだし、一度ならまだしも俺って二度も浮気するようなイメージなのかって、言いたいことはいくつもあった。だけど、何より驚くべきことを聞いてみた。

「手術中って、麻酔効いてなかったの？」

「そうみたい」

「そうみたいって、よくもそれでおなか切られて耐えられたんだな」

「すごい忍耐力でしょ？」

そんなわけないだろうと、俺は思わず笑ってしまった。

「イエスがいてくれたから、耐えられたんだよ」

「そりゃどうも」

「入院して思ったんだ。会いたい人とか一緒にいて楽しい人って何人かいるけど、でも、いろんなことを平気にしてくれるのはイエスだけだって。イエスがいたから点滴なんて朝飯前になったし、あんなに恐ろしいって思ってた手術も余裕だった。なんでも大丈夫にしてくれるのはイエスだけだよ。そう思ったら十分一緒にいる意味がある」

小春はそう言いきった。

「すごい過大評価だ」

俺は照れくさくなって窓を開けた。

流れていく景色は色づいているし、薄い雲を通り越して届く日射しもまぶしい。思い描いていた未来のいくつかを手放したはずなのに、目の前にはこんなにもたくさんのものが芽吹いている。

「帰り道って、わくわくするね」

小春も窓を開けた。やわらかい風が、中に滑りこんでくる。俺たちの家はすぐそこに待っている。俺は心がはやるのを感じながら、車を走らせた。

解　説

藤田香織

いきなりですが質問です。みなさんは身近な誰かを「ウザい」と思ったことはありますか？　と、訊《き》いておいて何ですが、おそらく「ない」と言う人はいないはず。

現在四十代後半になる私が子供の頃には、まだ「ウザい」という言葉は使われていませんでしたが、親や先生を鬱陶《うっとう》しいと思う気持ちはもちろんあったし、同級生が休み時間などに、まったく興味の持てない会話で盛り上がっている気配さえ、耳障りだ、と思っていた時期もありました。

わかってるんだから繰り返し同じことを言うな。したり顔で正論をつきつけてくるな。絡んでこないで、ほっといて。っていうかもう存在自体がなんかイラつく。「人はひとりでは生きていけない」と言うけれど、「家族」や「夫婦」や「恋人」や「友人」といった関係性を保つ面倒くささに耐えるくらいなら、ぼっち上等、おひとり様希望、という気持ちが勝る人は、LINEやSNS流行《ばや》りの現代でも決して少なくないでしょう。

それほどひとり耐性がない場合は、なんとか関係性をキープしようと努めるわけですが、場の空気を乱すと面倒なことになるからと本音を呑み込み続けていると、それはそれで次第に虚《むな》しさが膨らんでくるもの。いつまでこんな良い人仮面をかぶってなくちゃいけないのかと途方にくれることもあるでしょう。

とはいえ、いずれの選択も別に不幸というわけではないのです。真正コミュ力ホルダーからすれば信じ難いやもしれませんが、誰に気を使うことも邪魔されることもなく、自由を謳《おう》歌《か》しているおひとり様は世の中に大勢いるし、本音を漏らさぬ仮面生活のストレス解消法も巷《ちまた》には溢《あふ》れています。ぼっち時代を乗り越え、おひとり様も仮面生活も長い私は、今の年齢《とし》になるまで「そんなもんだろ」とほぼほぼ納得して生きてきたつもり、でした。

でも、だけど。果たして本当にそうなのか——。

本書『僕らのごはんは明日で待ってる』を読んだ今、ちょっと自分を疑い始めているのもまた事実。ウザい、キモい、面倒くさい。一見少し変わったタイトルのこの作品は、人間関係を築くことに前向きになれない人にこそ、ぜひ読んで欲しい物語なのです。

既に本文を読み終えた方には蛇足になりますが、四話からなる本書は、高校三年生時のクラスメイトだった男女＝葉山と上村が二十代半ばになるまでが描かれています。ジャンルとしては恋愛小説、ということになりますが、体育祭をきっかけに親しくなったふたりが交際を始め、大学に進学した後も付き合い続けていたものの、葉山が三年になった年、短大を卒業して保育士になった上村に突然一方的にフラれ、紆余曲折あった末の関係性の変化を追っていくという、ストーリーだけを大約してしまえば、特に変哲もありません。

しかも高校時代の葉山は自分の殻に閉じこもり積極的に周囲と関わろうともしない、言うなればこじらせ系ぼっちだけど根っからの変人というわけではなく、そんな葉山に突然告白する上村もサバサバ女子の空気をまとってはいるものの、どこの学校にでもいそうな存在。小説の主人公としては、特筆すべき萌えもなく、これといった華もないごく平凡な人間です。

つまり、至って「普通」のふたりの「普通」の恋愛話であるにもかかわらず、ページを閉じた後には深い感慨が胸に残る。果たしてそれはいったい何故《なぜ》なのか。少しだけ順を追って見てみましょう。

第一話となる「米袋が明日を開く」は、葉山の物憂げなモノローグから始まります。

ああ、この語り手は何か辛《つら》い別れを経験したんだなと、頭のなかで軽くあたりをつけつつ読み進めていくと〈すきっとした声〉の「上村」が早くもさくっと登場し、〈ばかばかしい日常〉を葉山につきつけます。よりによって米袋ジャンプという脱力感が否めない種目。シリアスモードな葉山の自省と回想に「たそがれてるところ、ちょっと悪いんだけど」「途方にくれているところ悪いけど」とつけつけズケズケ割り込んでくる上村。そのペースに巻き込まれた葉山がようやく少し心を開きかけ、積もり積もった鬱屈を打ち明けようとしたのをばっさり遮断してからの上村の告白。そこから葉山が大学受験を決意し、「明日」という言葉を思い出すまでの流れは、文章のリズムといい、トボけた雰囲気をかもしだしながらも妙に味わい深い台詞《せりふ》といい、先の展開が楽しみになる要素がぎゅっと詰まっています。

続く第二話の「水をためれば何かがわかる」では無事に付き合い始めたふたりが、大学と短大に進学し、それぞれが初の海外一人旅を決行するに至る顚末《てんまつ》が綴《つづ》られます。

入学式以来のいくつかの行動が神対応と良いふうに誤解され、周囲から「イエス」とあだ名で呼ばれるようになった葉山は、たそがれることもなくなり、上村によって連れ戻された現実世界で友人もできて、学校とアルバイトに勤《いそ》しんでいる。そんなある日、マクドナルドで何気なく踏み込んだ両親についての話から、葉山は突然タイへ（その間に上村はオーストラリアへ）と旅立つことになるのですが、その時の上村の「かわし方」に要注意。上村が語った家庭の事情を「どういうこと？」「全然知らなかった」と呆然《ぼうぜん》とする葉山に「だって話してないもん」「葉山くんと付き合うのに、家庭環境を報告する必要があるの？」と、うんざりしながら応える場面です。ここで葉山は三年間、自分の内側に閉じこもり心を閉ざしていたけれど、上村はずっと自分の外側にバリアを張って、踏み込ませないようにして生きてきたのだと読者は気付くはず。「残念ながら、私、昔悪かったって話と、昔不幸だったって話を披露するのって好きじゃないの」という言葉も、ふざけたり茶化しているわけじゃなく、そうとしか言えないのだと分かります。帰国後、ふたりが葉山の部屋でだらだらと交わす「打ち明け話」がたまらなく愛《いと》おしく感じるのは、不器用なふたりの距離が動いたことを実感できるからに他なりません。

ところが。第三話の「僕が破れるいくつかのこと」では、突然、上村が「別れよう」と言い出します。しかも藪《やぶ》から棒、青天の霹靂《へきれき》で理由を問い質《ただ》さずにはいられない葉山に再び「かわし」モードを発揮し、最後には「面倒だからごちゃごちゃ言わないで」と突き放す。

ここから先と第四話「僕らのごはんは明日で待ってる」についての詳細には触れませんが、第一話では軽めの恋愛小説といった雰囲気だった物語に、気がつけばぐっとのめりこみ、ページを捲《めく》る手が止まらなくなっていく。

思うに、それは葉山と上村の関係性が変化していく過程に、私たち読者が自らを重ねずにはいられなくなるからでしょう。こう言っては何ですが、葉山も上村も傍《はた》から見れば面倒くさい性格です。自分本意で身勝手な面は多々あるし、読者によってはうんざりしたり眉《まゆ》を顰《ひそ》める言動もあるかもしれない。

けれど、同時にそうしたふたりの姿に、今の、あるいは昔の、自分の振る舞いを見てしまう。自分から距離を詰めておきながら一線を引いたり、考えなしに踏み込んだり、その気にさせておいて突き放したりした挙句、縁の切れてしまった人の顔が浮かんでくる。だからこそ、ふたりの「その先」を見届けたいという思いが強くなるのです。

更に、作者である瀬尾さんが、葉山の過去や上村の生い立ちをことさら強調せずに描いている点も、本書の大きな美点だと私は感じます。もちろん、葉山と上村の性質はそうした経験あってこそ形成されたものなのですが、だからといって彼らが「特別」だとは瀬尾さんは描かない。「喪失と再生」をテーマにした物語は古今東西枚挙に遑《いとま》がなく「人が死ぬ小説」も無数にあるなかで、あえてフラットに「普通」に、ふたりの背景を日々に滲《にじ》ませようとしている。それが、ともすれば人生を左右しかねない重大な出来事に直面しても生きていくしかない私たち読者の救いになり、「物語」という枠を超え胸に響く要因になっているのではないかと思います。

そして最後に。本書のタイトルをもう一度、見直してみて下さい。

僕らの、ごはんは、明日で、待ってる。

僕らの、という心強さ。ごはん、という日常の尊さ。今日から続く明日を肯定し、待ってる、と希望を抱《いだ》かせる、沁《し》みる巧《うま》さだと思いませんか？

瀬尾さんの作品には実際、文章を読んでいるだけでも涎《よだれ》ものの料理が随所に登場するので、これが初読み、という方はぜひ他の著書も手に取って欲しいのですが、デビュー作からちょうど十年目に刊行された本書には、じっくりと味わってわかる「美味《うま》さ」もある。誰かと繋《つな》がることを恐れるな、と説くのではなく、恐れても諦めてはいけないのだと思わせてくれる。

葉山と上村の「普通」の日々のなかにある「大切」で「特別」なものに触れることで気付いた、自分の、そして周囲の人たちの思い。それはきっと、明日のあなたの活力になってくれることでしょう。

――書評家

この作品は二〇一二年四月小社より刊行されたものです。

幻冬舎文庫

●最新刊
オクテ女子のための恋愛基礎講座
アルテイシア

彼氏が欲しいし結婚もしたいけど、自分から動けない……。そんなオクテ女子に朗報！「モテないと言わない」「エロい妄想をする」「スピリチュアルに頼らない」など、超実践的な恋愛指南本。

●最新刊
もう、背伸びなんてすることないよ
宇佐美百合子

疲れたなぁって思ったとき、悲しみに沈んでいるとき、何度でも開いてみてください。心に沁みる、お気に入りの言葉がきっと見つかります。癒しの名言満載のロングセラー、待望の文庫化！

●最新刊
主婦と演芸
清水ミチコ

「重箱のスミ」でキラリと光るものを、独自の目線でキャッチして、軽快に綴る。芸能の世界と家庭の日常を自由自在に行き来するタレントの、7年間の面白出来事を凝縮した日記エッセイ。

●最新刊
辛酸なめ子の現代社会学
辛酸なめ子

現代ニッポン、丸わかり！　モテ、純愛至上主義、スローライフ、KY、萌え……「ブーム」の名で艶やかに仮装した現代の素顔とは？　前人未到の分析でニッポンを丸裸にした圧巻の孤軍奮闘。

●最新刊
心配しないで、モンスター
平安寿子

超然と老いたいのに、じたばたするばかりの金森カナエ。舟唄ばりの不倫にどっぷりな桑原カオル。ピンク・レディーのコスプレにはまった落合光弘……。音楽に背を押され進む9人の物語。

僕《ぼく》らのごはんは明日《あした》で待《ま》ってる

瀬尾《せお》まいこ

平成28年2月25日　初版発行
令和7年3月25日　10版発行

発行人――石原正康
編集人――高部真人
発行所――株式会社幻冬舎
〒151-0051東京都渋谷区千駄ヶ谷4-9-7
電話　03(5411)6222(営業)
　　　03(5411)6211(編集)
公式HP　https://www.gentosha.co.jp/
印刷・製本―株式会社 光邦
装丁者――高橋雅之

幻冬舎文庫

ISBN978-4-344-42450-0　C0193　せ-6-1

この本に関するご意見・ご感想は、下記アンケートフォームからお寄せください。
https://www.gentosha.co.jp/e/